D'après mon
ADOLESCENCE

Journal intime

CAROLINE SOLÉ

D'après mon ADOLESCENCE

Journal intime

ALBIN MICHEL

22, rue Huyghens, 75014 Paris
www.albin-michel.fr

Préliminaires

– Le sexe.

Deux mots, et un silence de plomb envahit la classe. Le visage du prof se crispe.

– Pardon ? s'agace-t-il, comme si je venais de l'insulter.

J'hésite à répéter, chuchote quand même :

– Le sexe.

Pourquoi ai-je proposé ce thème pour mon dossier d'arts plastiques ? Il tranche avec le choix des autres élèves qui préfèrent étudier des célébrités du sport ou du cinéma, et cela coupe court à toute discussion. Le prof ne cherche pas à comprendre. Il m'expédie chez le principal, sous les ricanements de mes camarades.

– Mademoiselle S., revenez nous voir quand vous serez calmée !

En me levant de ma chaise, j'aimerais insister, défendre mon sujet. Mais je n'ose pas. J'ai l'impression d'avoir entrouvert une porte interdite.

Au collège, l'équation est simple : sexe = provocation. Dès qu'un sujet devient trop intime, il n'est pas abordé en classe « car ce n'est pas au programme ». Il n'est pas plus facile d'en parler à la maison, avec mes parents.

Résultat : j'ai treize ans, je ne connais rien au sexe.

Et je ne pense qu'à ça.

1

Le carnet rose

J'ai treize ans et je n'ai jamais couché avec un garçon. Je lis en cachette *Moi, Christiane F., 13 ans, droguée, prostituée...* en rêvant d'échanger sa vie dramatique contre la mienne, désespérément paisible.

J'ai honte de mes gros seins. Je fantasme sur des garçons inaccessibles que j'aurai oubliés des années plus tard.

Trente ans plus tard, précisément. Je ne me souviens plus de leurs noms. Ni même de celui de ce prof qui m'envoya chez le principal pour avoir émis l'idée d'étudier « le sexe ». C'est l'aspect que j'ai le plus profondément détesté durant ma scolarité : devoir obéir à des ordres sans broncher. Un jour..., je me répétais en silence. Un jour... je dirai ce que je veux ! Tout ce que je pense, ressens, désire.

Un jour, j'écrirai un roman. Il y aura mon nom sur la couverture et j'aurai enfin le sentiment d'exister.

Cette nuit, j'ai repensé à toi, la fille que j'étais à treize ans.

Une idée étrange m'a alors traversé l'esprit, le genre d'idée « pas inscrite au programme ». Et si tu écrivais le journal intime de ton adolescence ? Avec un petit changement de dernière minute : la femme adulte que je suis devenue l'écrira avec toi.

Par exemple, tu ne le sais pas encore à ce moment-là, mais ton prof d'arts plastiques, celui qui vient de t'exclure de cours, finira par être muté après avoir entretenu une liaison avec une jeune surveillante. Tu n'as pas encore recueilli non plus les confidences de ta meilleure copine, si belle et sûre d'elle, qui finira par te révéler des années plus tard qu'elle pleurait tous les soirs dans son lit en se sentant laide et idiote.

Je vais te dire la vérité : aucune fille de ta classe, absolument aucune, ne se sent bien dans sa peau. Pas même la fille la plus populaire du collège. Et il n'y a pas que les filles. Les garçons font les malins devant toi et enchaînent les vannes, mais quand tu finiras par avoir des relations amoureuses, tu découvriras que les adolescents devenus hommes laissent tomber l'armure et se confient, eux aussi. Aucun homme que j'ai connu n'a jamais voulu retourner dans le corps de ses treize ans.

Vous avez tous peur, au fond. Peur de ce qu'on pourrait dire de vous, découvrir de vous, faire de vous. Vous blesser, vous manipuler, vous rejeter.

Tu n'as jamais eu de rapport sexuel, mais ça viendra. Et je vais tout te raconter, puisque ton prof refuse ton sujet.

On va l'écrire ensemble, « LE SEXE ». Version non censurée.

Tous les garçons de ta classe se masturbent. Il t'est difficile d'aller les voir, de leur taper sur l'épaule pour leur demander s'ils le font vraiment et combien de fois par jour. Tu n'oserais pas ou tu le ferais comme un pari, avec tes copines qui poufferaient dans ton dos. Tu n'obtiendrais de toute façon aucune réponse sincère.

Alors qu'à mon âge je peux tout à fait interroger mes copains au cours d'un dîner en sachant qu'ils me diront la vérité :

– Hé, dites donc, vous vous masturbiez combien de fois par jour quand vous aviez treize ans ?

Quelques regards étonnés, plutôt amusés. Depuis le temps, on n'éprouve plus vraiment de gêne à évoquer ces années collège. On ne parle pas tout à fait de nous, mais des adolescents qu'on était.

– Oh, deux ou trois fois par jour.

– Oui, plus ou moins. Peut-être pas tous les jours.

– Pratiquement jamais.

– Ah oui ?

– Et moi, dix fois par jour.

– DIX FOIS ???

Tu vois, même adulte, on apprend encore des trucs sur le sexe.

Toutes les filles de ta classe ne se masturbent pas.

Ou alors, tu n'en as pas connaissance. Je ne sais pas pourquoi.

Il me semble que je n'ai jamais entendu parler de masturbation féminine durant mon adolescence. La première fois qu'on en a discuté entre copines, on devait avoir la trentaine.

Je vais te faire gagner quelques années : si tu en as envie, caresse-toi. C'est le meilleur moyen de connaître ton corps et le mécanisme du plaisir. Car ne compte pas sur les garçons de ton âge pour t'apprendre quoi que ce soit sur la sexualité : ce ne sont encore que des petits branleurs. Désolée, les gars, ce n'est pas une insulte, juste les faits. Vous vous masturbez tout le temps, mais vous ne connaissez rien à l'orgasme féminin. Vous regardez des vidéos pornos en pensant savoir comment une femme jouit, mais ce ne sont que des conneries.

Je vais droit au but, hein, parce que c'est mon roman et je fais ce que je veux. Aucun prof ne va noter ou commenter ce chapitre comme si c'était une rédaction qui devrait valider des acquis. Je ne suis pas là pour brosser les lectrices ou les lecteurs dans le sens du poil, j'essaie juste de te dire le plus honnêtement possible, avec le recul, ce qui t'attend. Aucun cours, aucun ouvrage scolaire, aucune discussion entre copines, aucun avertissement parental ne t'a préparée activement à ta vie sexuelle.

Alors un peu d'entraînement ne te fera pas de mal.

En troisième B, tu étouffes sous les contraintes des devoirs, rangement de chambre, coiffe-toi bien, tiens-toi droite et autres réjouissances imbéciles. Tu imagines basculer à la majorité, comme par miracle, dans un monde où tu pourrais enfin être qui tu voudrais. Ou plus personne ne te dirait comment penser ni comment te comporter.

Tu as commencé à écrire ton journal intime pour trouver un espace de liberté dans un quotidien normé. Pour échapper à l'emploi du temps, aux apparences, aux jugements. Puis j'ai continué à écrire à l'âge adulte, de la fiction. Quand mon premier roman s'est retrouvé en lice pour des prix littéraires, j'ai interrogé une bibliothécaire sur les critères de sélection. Elle m'a expliqué que tout livre comportant un passage explicite sur le sexe n'était pas retenu. Sujet trop sensible pour être étudié en classe.

J'ai immédiatement eu envie d'écrire un livre intégralement sur le sexe.

Car le roman est un espace magique, où tout ce qu'on tait peut s'écrire. Parfois le seul lieu où s'exprimer et se réfugier quand la vie nous agresse. Quand on se sent mal comprise, ignorée, blessée. Frustrée.

Mademoiselle S., les mots t'échappent. Tu rougis dès qu'un garçon pose les yeux sur toi, et ils ne sont pas nombreux. Tu bafouilles quand tu dois expliquer ce que tu ressens. Tu crèves d'envie de hurler au monde entier ton nom, à défaut tu inscris cent fois tes initiales sur une même page, tu les graves sur les tables de cours.

Tu tends l'oreille quand tu entends parler de sexe. Quand une scène de nu apparaît sur l'écran, tu fais celle qui n'est pas choquée mais cela te met mal à l'aise. Toutes les femmes sont-elles obligées d'en passer par là ? Ne pourrais-tu pas tomber amoureuse sans avoir à te préoccuper de ce corps martien auquel tu ne comprends rien ? Des parties de ton corps te paraissent trop larges, d'autres trop creuses. Rien ne semble à sa place. Et un corps étranger devra bientôt le caresser ?

Tu voudrais sauter cette case. Être déjà sur la ligne d'arrivée. Mais le top départ n'a pas encore été donné, tes jambes flageolent, tu crains de t'écrouler avant même de t'élancer.

Ne t'inquiète pas, je suis là.

Et si je suis là, c'est que tu as survécu à ton adolescence.

J'essaie de me souvenir des premiers enseignements qu'on m'a prodigués concernant la sexualité. Il y a peut-être eu une leçon sur le corps humain à l'école primaire, puis une session de sensibilisation aux infections sexuellement transmissibles au collège ou au lycée. Je crois qu'on nous a montré comment mettre un préservatif, mais je n'en suis pas sûre.

Et puis c'est tout.

Comment donc ai-je appris ce que je sais aujourd'hui ?

Ah si, on nous parle du Petit Chaperon rouge ! Tu es une fille : attention. Gare au loup. À l'ogre. À Barbe-Bleue et aux cochons.

Attention. Attention. Attention.

Le sexe est-il indissociable, dans la tête d'une petite fille, du viol ?

Ce sont des mots fantômes : sexe, viol. Au collège, tu les sens rôder, mais tu fais semblant de les ignorer. Si tu ne les prononces pas, ils ne viendront peut-être pas t'embêter. Ils ne te verront pas.

Une fille devrait être invisible pour être hors de danger, c'est ce que la société te renvoie. Ne pas mettre des jupes trop courtes, des habits aguichants, se dérober aux regards des hommes. Voilà le programme qui t'attend, crois-tu, en devenant une femme. Alors cela ne te donne pas vraiment envie, tu restes sur tes gardes. Le sexe te rebute autant qu'il t'intrigue.

Prise de tête et corps flottant, tout juste formé.

Merde, tu as tes règles. Si c'est ça, la féminité, merci bien ! Tu passes ton chemin. Aucune envie de te retrouver dans une salle d'accouchement.

Tu n'as pas honte d'être une fille, tu n'as simplement pas le mode d'emploi. Et il ne doit pas y avoir besoin d'une notice très compliquée pour se comporter comme un garçon, à ricaner grassement et à se curer le nez dans les buts.

Tu divises le monde entre les unes et les autres pour te rassurer. Tu enfermes les garçons dans des cages de foot, car d'eux, tu ne sais rien non plus. Et toujours personne pour t'expliquer comment faire l'amour. Qui fait quoi, combien de temps ça dure, est-ce que ça fait mal, on peut le faire combien de fois d'affilée ?

Une fille plus âgée, la cousine de je ne sais plus qui, prétend qu'ils font l'amour sept fois de suite avec son copain. Vous poussez des cris avec tes copines tellement vous êtes surprises, puis vous vous taisez pour ne pas avoir l'air stupides. Vous y croyez à moitié. Mais vous n'avez aucune expérience pour réfuter.

Je me souviens, tu écoutais la radio. Une émission qui répondait à toutes les questions des jeunes et, évidemment, la majorité tournait autour du sexe. C'était un bon moyen pour les ados de s'exprimer de façon anonyme et de s'informer sans en parler aux parents ou aux profs.

Tu te sentais moins seule. Mais tu te comparais tout le temps aux autres et tu souffrais en te sentant moins intéressante qu'eux.

Charlotte Gainsbourg te fascine dans *L'Effrontée*. Elle a le même âge que toi dans le film et cette réplique de Bernadette Lafont te donne espoir, et t'inquiète aussi : « Les choses finissent toujours par arriver. »

Mais quand ? QUAND ?

Le sexe n'est pas au programme du brevet. Tu apprends des dates historiques par cœur et sèches pour la première fois tes cours. Tu prends le train de banlieue pour Paris en priant pour qu'un événement marquant vienne enfin percuter ta vie. Un coup de foudre, ce serait bien.

Mais aucun aléa ne surgit.

Tu as l'impression de traverser tes journées sans pouvoir intervenir. Les adultes décident de tout. Tu n'as plus envie d'aller au collège, car tu en as marre de la théorie. Tu voudrais passer à la pratique.

Mais quand, QUAND ?

Patience, répètent les vieux, alors que le jour où on n'a plus envie d'accélérer, c'est le début de la fin.

Tu crois pouvoir brûler tous les feux rouges et t'en sortir indemne. Toute expérience est bonne à vivre, penses-tu.

La vie se chargera de te contredire.

Tu as treize ans, donc, et tu n'as jamais couché avec un garçon. Tu n'as même pas échangé un baiser. Quand des hommes te regardent – des adultes, pas les élèves de ta classe –, tu as l'impression qu'ils te déshabillent. Tu vois partout des pervers qui lorgnent en douce les deux montagnes sur ton torse. Elles sont sorties de ton buste à toute vitesse et tu as honte de porter un soutien-gorge.

Pourquoi n'y a-t-il aucun cours consacré à la sexualité durant la scolarité ? À l'exception d'une brève sensibilisation aux modes de contraception, rien n'est expliqué. Tu sais comment chassaient tes ancêtres, pas comment fonctionne le corps de ton voisin. Pas même le tien. Tu peux réciter les dates-clés de la Révolution française, décrire une exécution à la guillotine, mais tu ne saurais pas expliquer le virus du sida. Il semble tapi dans ton ombre. La première chose que tu connaîtras du sexe, alors, ce sera du latex ?

Je te sens impatiente. Je sais à quel point tu l'es durant toutes ces années. Tu aimerais que la vie accélère, tu t'ennuies en classe, et même là, en me lisant, tu voudrais que j'aille droit au but.

Tu lis mes mots en même temps que je les écris et tu me saoules de commentaires.

Tes souvenirs du collège, je m'en fous. C'est ce que je vis tous les jours, alors je préférerais qu'on parle d'autre chose.

De sexe, par exemple.

Toi, tu sais quand je vais enfin rencontrer un garçon et… Tu sais tout, en fait, puisque tu viens du futur. Dis-moi tout, alors ! Qu'est-ce que t'attends ?

Je me fiche de ton âge, de ton expérience, j'ai juste envie de savoir ce qui va m'arriver. Réellement. Moi. Pas n'importe quelle fille de treize ans à qui tu vas tracer les grandes lignes d'une vie de femme. Gomme les conseils et viens-en directement aux faits.

OK. Tu l'auras voulu.

Tourne la page.

Tu perdras ta virginité dans trois ans et deux mois.

Trente-huit mois précisément.

Tu auras seize ans et demi, il en aura dix-neuf et il vivra dans la rue.

Il m'inspirera mon premier roman.

J'aurais aimé être avec toi quand cela est arrivé. Peut-être que j'étais là, finalement.

On vit avec toutes les facettes de soi-même, toutes nos époques. Le passé continue de vibrer en nous, alors le futur aussi, après tout.

Tu es encore une petite fille dans le corps d'une adolescente avec l'âme d'une femme. C'est lourd à porter et un peu compliqué. Si tu te sens embrouillée, c'est normal. Tu n'es pas folle.

C'est ce qui te fait le plus peur : être folle.

Pas vraiment étonnant quand on feuillette tes journaux intimes. Entre tes onze ans et tes quinze ans, tu es passée de ça...

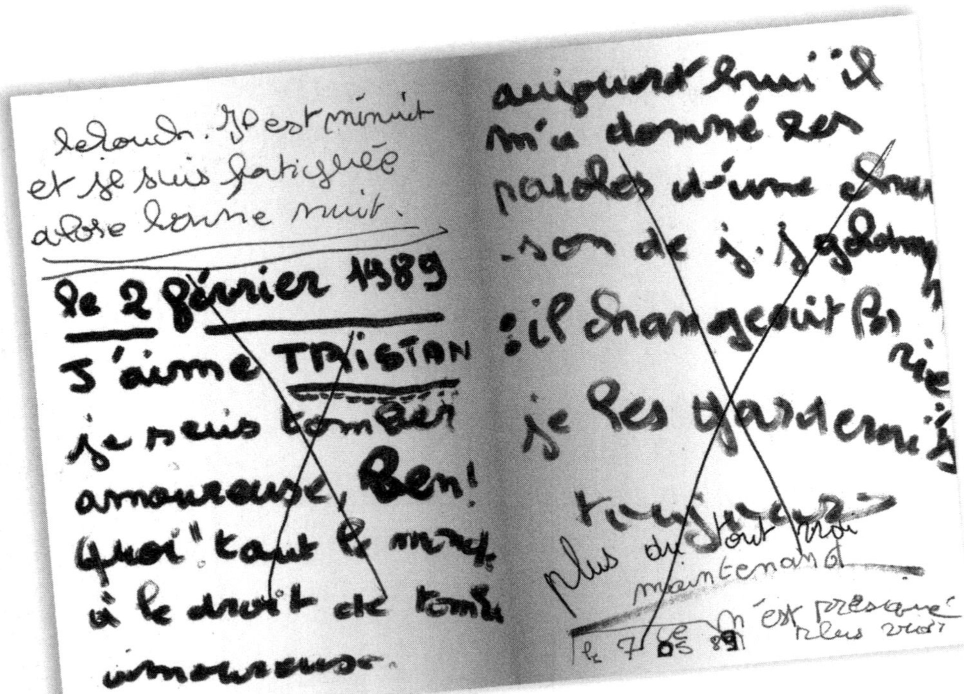
le lundi. Il est minuit et je suis fatiguée alors bonne nuit.

le 2 février 1989

J'aime TRISTAN je suis tombée amoureuse, Ben! quoi" tout le monde à le droit de tomber amoureuse.

aujourd'hui il m'a donné ses paroles d'une chanson de J. J. Goldman : il changeait rien je les garderai toujours

plus du tout moi maintenant

le 7 05 89 n'est presque plus vrai

... à ça...

Tes documents intimes sont triés de 1988 à 1998 dans des classeurs et des boîtes transparentes. Les relire me tord le ventre. J'avais oublié à quel point tu as basculé, presque du jour au lendemain, dans un ravin.

De l'enfance à l'adolescence.

Tu écris : *J'ai plusieurs mondes qui gravitent et aucun ne semble s'accorder.* Sur la même page, tu gribouilles un visage angoissé.

Respire. Je respire. On va tout reprendre, tranquillement. On va tourner chacune de ces pages ensemble pour essayer de comprendre ; décrypter ce cataclysme qui s'est abattu sur toi ces années-là, alors que tu vas découvrir la sexualité.

Le 2 novembre 1988, un mercredi, tu as dix ans et demi. C'est la date la plus ancienne que je trouve dans nos archives. Elle est inscrite dans un petit carnet rose intitulé « Le cœur » et qui se ferme avec un cadenas. Tu as dû perdre la clé, car tu as noté sur la première page :

ATTENTION DANGER
TOP
SECRET
NE PAS TOUCHER

Sur la deuxième page, tu dédies ce journal à tes parents, tes frères, tes cousines et ton chien.

Je cherche des passages qui évoqueraient le sexe. Il n'y en a aucun. Mais entre 1988 et 1990, tu tombes successivement amoureuse de Tristan, Marc, Cédric et Alex. Il ne se passe rien entre vous. Les trois derniers ne te connaissent même pas, ce sont des « grands », des redoublants, tu les guettes à chaque récré sans oser les aborder. Ils peuplent tes rêves, à défaut de t'embrasser.

Au fil des pages, tu racontes ce que tu as mangé à la cantine, le trajet pour aller en vacances, tu dessines une carte de France. Tu rédiges des poèmes de quelques mots, avec ta langue et ton orthographe de petite fille.

Julie est toute petite
Mais c'est ma copine
Elle aime les épines
Même si elle si pique

Par manque de péripéties, probablement, tu arrêtes ton carnet après une trentaine de pages. Il y a une double page vide, puis une écriture nouvelle, plus affirmée, annonce le grand événement que la Terre entière attendait impatiemment : tu te remets à l'ouvrage.

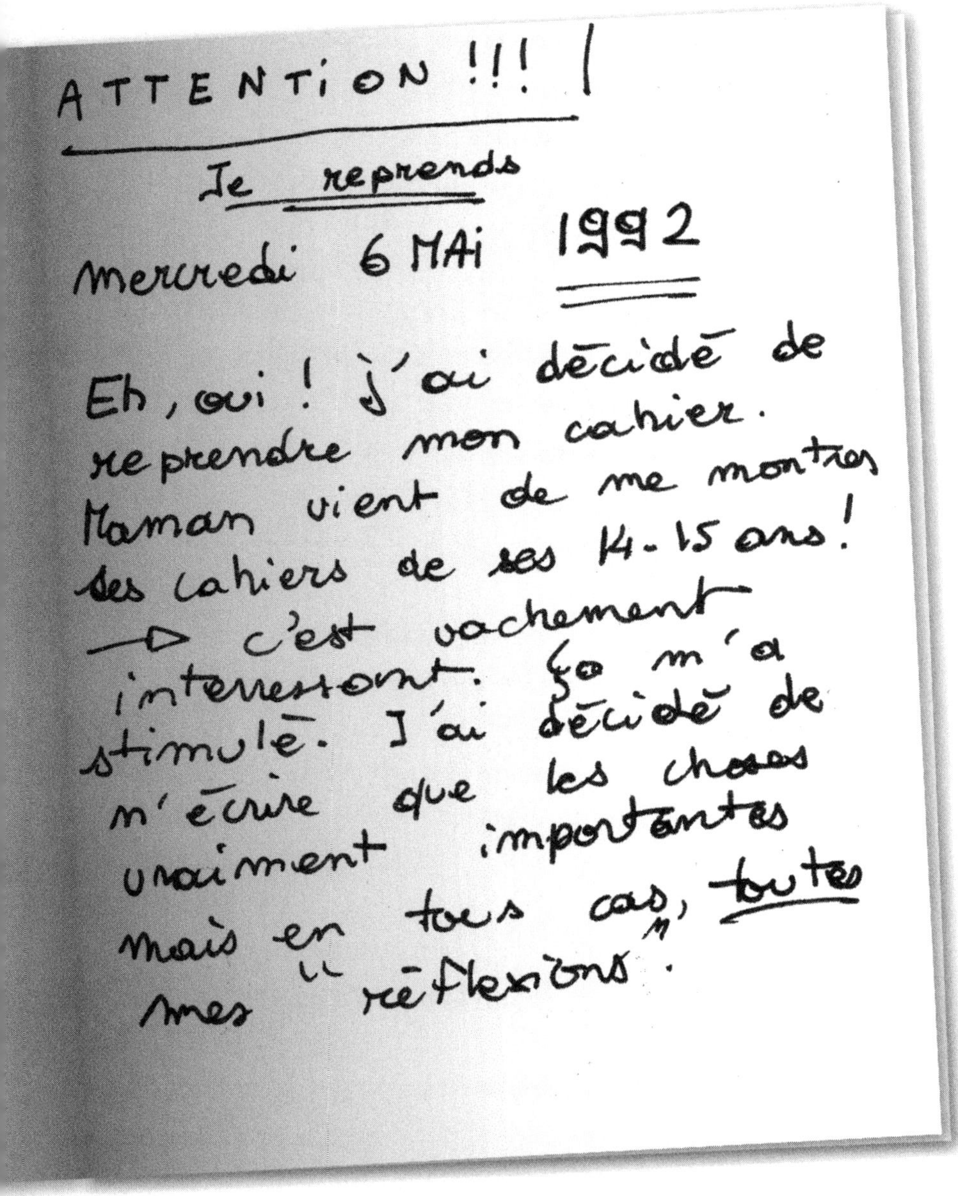

ATTENTION !!! !

Je reprends

Mercredi 6 MAi 1992

Eh, oui ! j'ai décidé de reprendre mon cahier. Maman vient de me montrer des cahiers de ses 14-15 ans ! → c'est vachement interressant. Ça m'a stimulé. J'ai décidé de n'écrire que les choses vraiment importantes mais en tous cas, toutes mes "réflexions".

Dans cinq jours, tu auras quatorze ans (et une mobylette). Mais tu n'es toujours pas sortie avec un garçon, précises-tu, inquiète. Pourquoi n'est-ce pas arrivé ?

Je ne reproduirai pas ici la suite.

Oui, j'en ai le droit.

C'est NOTRE journal intime, je te rappelle.

Ce jour-là, tu n'écrivais pas en pensant être publiée, tu écrivais juste pour toi. Et ce serait une atteinte à ton intimité de reproduire dans ce roman les mots vulgaires que tu emploies à propos des garçons. Des fantasmes, que tu conclus par :

Je m'invente toutes sortes de choses.

Je crois que je ne suis pas aussi bien que la plupart des autres.

Tu t'arrêtes là.

Pas seulement ce jour-là : tu n'écris plus rien dans ce carnet.

Juste deux pages, à treize ans, onze mois et vingt-six jours, pour livrer ce qui commence à te travailler : la sexualité.

Tu laisses toutes les autres pages blanches. Un trou noir.

Tu te méfies beaucoup des garçons, mais tu ne t'en aperçois pas encore. Tu ne le dis pas comme ça. Tu dis qu'ils sont idiots, toujours en bande.

Cette distance entre vous, ce n'est pas simplement l'ordre des choses dans un collège. C'est de la prudence. Vous vous jaugez : la présence de l'autre sexe commence à vous chatouiller le bas-ventre tout en soulevant une colère. Vous pressentez qu'il faudra bientôt se mettre à nu et vous n'avez aucune idée de qui vous êtes réellement, sous vos vêtements à la mode, vos rouges à lèvres et vos casquettes.

Tu ne te maquilles pas comme les autres filles.

Tu ne te maquilles pas, comme ta mère.

Tu ne portes jamais de jupe ou de robe. Moi non plus.

Un pantalon, c'est plus pratique, plus prudent, plus passe-partout. Même aujourd'hui, je préfère me dévoiler par les mots.

On se ressemble quand même un peu, tu sais. Tu vas beaucoup changer dans les prochaines années, mais nous sommes la même, au fond.

Après le petit carnet rose, tu entres au collège. Mais il n'y a pas de trace de toi en sixième et en cinquième dans nos archives.

Je te retrouve en janvier 1992, en quatrième C. Tu t'es mise à écrire de la fiction, car ton quotidien te semblait sans importance.

*It is dark. There is no sound. Suddenly, the flame of a candle lights the room. Then another, then three, four, five! It is a Yule-log which has the shade of a human head. Chocolate like blood flows in the ground**.

Le prof corrige en rouge « *in* » par « *to* » *the ground*. Une bûche de Noël à l'apparence humaine pisse du sang dans ta rédaction et tu obtiens 16/20. J'en déduis que tu devais être très fière car tu garderas

---

* « Il fait sombre. Il n'y a aucun son. Soudain, la flamme d'une bougie illumine la pièce. Puis une autre, puis trois, quatre, cinq ! C'est une bûche de Noël ayant la forme d'une tête humaine. Le chocolat, tel du sang, coule sur le sol. »

soigneusement ton devoir, «*A French Christmas*», dans une pochette transparente.

Étrangement, tu écris en anglais, même quand ce n'est pas un devoir. Changer de langue te permet-il d'exprimer des émotions refoulées dans ta langue ?

*My brain is in fire and I let flow my desire**.

Désir, désir… Mais pas de garçon en vue. Pas un seul pour te demander de sortir avec lui. Ils gravitent tous autour des mêmes filles, les deux, trois élèves les plus jolies. Tu restes en dehors du cercle.

Tu as l'impression de tourner sur toi-même.

Au début de la troisième, ton prof a beau avoir refusé ton thème, « le sexe », tu reviens à la charge. Tu proposes un sujet de société : la prostitution. Je ne me souviens plus des détails, mais il finit par céder. Tu deviens tout de même sa bête noire et il ne t'accorde aucune attention, jetant à peine un coup d'œil sur l'évolution de ton travail.

Tes parents arrivent in extremis à te convaincre de ne pas aller photographier des prostituées au bois de Boulogne. Alors tu fais poser tes copines en bas

---

* « Mon cerveau est en feu et je laisse mon désir s'écouler. »

résille et cigarette au bec dans un cul-de-sac près de chez toi, sous les réverbères. Les photos ont été archivées, elles aussi, avec tes carnets. Mais on ne bafouera pas les droits à l'image de tes troublantes complices.

Matin sombre. Sens interdit. Poupée du diable. Eau trouble. Douce mort.

Ce sont les titres des histoires que tu écris sur une ou deux pages. Des intrigues amoureuses et mélancoliques avec des filles esseulées ou des veuves meurtrières.

L'année 1992 (à la moitié de ta troisième) se termine par le texte *Someone is dead* :

Je n'ai jamais eu d'enfance. On me l'a volée. À neuf ans, j'avais déjà reçu plus de coups que quelqu'un de cinquante ans. Déjà, je m'éloignais, pour observer. Pour comprendre. C'est cruel, les enfants. Depuis, j'ai une protection tellement épaisse que les coups ne m'atteignent plus. Someone is dead.

Ça y est, tu commences à avoir l'impression d'être la fille qui souffre le plus au monde.

En juin, tu reviendras sur cette histoire de mort.

*I am dead. I know it is impossible but it's the truth. Some people might not believe me, well; it's too bad for them! Because it is a very exciting story.**

Tu te sens en dehors de la réalité. Une partie de toi est morte, comme la clé de ton carnet rose qui a disparu. La fiction, les fantasmes, tout commence à se mélanger dans ta tête.

C'est la fin du collège et, durant l'été qui suit, tu embrasseras enfin un garçon. Avant de plonger dans le gouffre de tes années lycée, arrêtons-nous quelques instants sur ces premiers baisers, ces amourettes de plage annonçant l'orage.

---

* « Je suis morte. Je sais que c'est impossible, pourtant c'est vrai. Certaines personnes pourraient ne pas me croire, eh bien, tant pis pour elles. Car c'est une histoire très excitante. »

Été 92, quatorze ans.

Vous êtes une poignée d'adolescents dans une maison de campagne. Un de tes premiers week-ends sans adultes pour te surveiller. Tu ne fumes pas encore, cela reste pour toi un acte interdit. Alors cette fille plus âgée qui porte à ses lèvres une cigarette, nonchalamment, te fascine. La fumée envahit la pièce d'un air transgressif. Vous mettez la musique à fond, deux garçons se dandinent comme des imbéciles, car il n'est pas question de danser sensuellement. Chacun se guette en craignant de faire un geste idiot, de dire une bêtise, d'avoir la honte. Tu restes figée, dévorant la scène des yeux sans vraiment oser participer : au premier plan, la fumeuse qui raconte théâtralement des anecdotes, qu'elle a probablement inventées, sur des soirées clandestines. Au centre de la pièce, un petit groupe de filles et de garçons tourne tantôt leur tête vers elle, tantôt à l'arrière-plan vers la danse des canards revisitée à la mode techno par les deux compères. Et il y a ce garçon en dehors de la piste, aussi figé que toi. Un peu plus vieux, de séduisants yeux bleu marine, la mâchoire carrée, des lèvres épaisses et de l'acné. Il t'attire à moitié, mais tu aimerais que lui soit pleinement attiré par toi. Il suffit qu'il s'attarde quelques secondes sur ton visage pour que tu imagines déjà ses lèvres t'embrasser. Comme vous allez passer la nuit tous ensemble dans cette maison, il y a une sorte de pression : qui sortira avec qui ? C'est l'occasion rêvée de franchir le cap.

Lorsqu'il vient enfin te parler, tu ris poliment à ses blagues. Tu le laisses s'approcher, te titiller. Le seul détail que tu connaîtras de sa vie est le métier de son père : pompier, ce qui t'impressionne. Puis vous passez le reste de la nuit à vous embrasser avec la langue sur un matelas à même le sol. C'est un peu ennuyeux. Une sensation nouvelle, tout de même. Tu es enfin sortie avec un garçon ! C'est un événement a priori important, pourtant tu ne l'inscris nulle part dans ton journal. Peut-être parce qu'il n'y avait pas de désir ni d'amour. Juste de la curiosité ; un moyen pour toi de te sentir comme les autres. Ne pas être à la traîne. Mais ça ne t'emballe pas tant que ça, ces baisers mouillés.

À la fin de l'été, le premier garçon à qui tu oses demander de sortir avec toi te répond non. Cependant, il aimerait bien sortir avec ta copine.

– Tu crois qu'elle accepterait ? t'interroge-t-il anxieusement, sans mesurer sa cruauté.

Comme ta copine ne veut pas, il revient vers toi à la fin de la soirée pour t'embrasser, par défaut.

Tu découvres l'amour-propre.

Le suivant te laissera en plan après une dizaine de minutes, quand tu auras repoussé sa main qui se glissait sous ton tee-shirt.

Ces petites humiliations restent longtemps collées à ton corps. Tu rentres les épaules, masques tes seins, couvres tes fesses en nouant un pull autour de ta taille. Tu portes des vêtements trop larges et fumes ta première cigarette.

Machin veut sortir avec machin qui préfère sortir avec machin et donc machin sort finalement avec machin.

Ces petits jeux vous préoccupent beaucoup au collège. Tu les suis comme tout le monde, comme un feuilleton. Mais tu commences déjà à regarder par la fenêtre, pendant les cours, en rêvant de te projeter dans un monde plus stimulant. Tu voudrais mener une existence passionnante. C'est la routine, ta vie d'élève : l'emploi du temps, les devoirs, les contrôles, les récrés, les week-ends, les vacances, les rentrées.

Tu quittes le collège sans regret.

À ce stade de l'histoire, j'aimerais basculer dans la fiction. J'imaginerais un personnage d'adolescente à qui il arriverait des choses incroyables. Par exemple, une fille de la campagne, rêvant des lumières de la ville, pourrait brandir un fusil sur un homme célèbre, comme le fait l'héroïne de mon troisième roman. J'habiterais dans son corps, dans sa vie, pendant quelques mois. Je me fondrais en elle pour me sonder.

Mais c'est un carnet intime, ici.

Tout est véritablement arrivé. C'est ma vie que je raconte, donc je dois respecter les faits pour te retrouver et comprendre ton itinéraire. Même si, en réalité, tout est frauduleusement vrai. Une arnaque des plus sincères : à partir du moment où je me raconte, ma vie se réécrit. Et devient donc fiction.

Je n'ai aucune envie de replonger dans mes carnets intimes du lycée, me souvenir de la seconde, de la première, de la terminale, que j'ai tant détestées.

Mon quotidien n'avait aucun intérêt, je me le répétais sans cesse.

Mon corps était un boulet.

Mon cerveau me tourmentait.

Je ne parvenais pas à exprimer ce feu confus qui me consumait.

Au lycée, je me prépare pourtant, sans le savoir, à devenir romancière. J'imagine des textes plus longs que les quelques poèmes ou mini-nouvelles inventés jusque-là. J'écris encore à la première personne, mais ce « je » porte pour la première fois un autre prénom que le mien.

Clara. C'est le premier personnage de roman que je crée sans oser en parler à qui que ce soit.

Elle se réveille un matin, nue, dans le lit d'un étranger.

Ma vie ne connaît pas le temps, Mon monde n'est pas le vôtre. J'ai une couche dans mon cerveau qui me tient à l'écart de toutes confrontations. J'ai un monstre à l'intérieur qui se répond à l'extérieur. Je marche à vos côtés mais vous ne me voyez pas.

Vous ne voyez pas qu'on a fait un trou dans mon crâne et que des gens s'amusent avec un entonnoir à y faire tomber des rasoirs. Je vis comme ça depuis des années, torturée par des ennemis invisibles qui ne veulent pas me laisser mourir.

Et ce matin encore j'ai mal. Je me réveille dans ce ~~chambre~~ lit aux draps noircis avec cet homme, nu, que je ne connais pas.

Tu es vierge et tu te projettes dans un corps de femme en souffrance.

Tu n'as que quinze ans et tes mots résonnent comme de lointains carillons, dans un pays étranger. Je les avais oubliés. Il n'y a pas si longtemps, tu jouais à la potion magique : il fallait touiller tout ce que tu trouvais dans le jardin – de la terre, des feuilles, des cailloux – pour concevoir un breuvage qui te transformerait en princesse. Tu y croyais vraiment. Comme tu crois désormais abriter en toi cette Clara écorchée.

Le temps nous glisse des mains, laissant tout juste quelques taches d'encre sur les doigts ; des carnets secrets pour se rappeler.

Le sexe. La grande affaire. La principale préoccupation de tous les élèves sans qu'aucun adulte vous en parle jamais.

Si tu avais quatorze ans aujourd'hui, en 2020, tu serais déjà gavée de vidéos. Un bon moyen d'information, après tout, si la pornographie n'était pas essentiellement fabriquée par des hommes, pour des hommes. Cela serait d'utilité publique de diffuser un film porno dans une salle de classe en laissant les filles appuyer sur pause chaque fois qu'une scène les mettrait mal à l'aise. À moins d'être masochiste, une femme ne prend pas de plaisir quand on lui fait mal, quand on la rabaisse ou qu'on la traite comme un objet. Le X permet d'explorer ses fantasmes et d'avoir du plaisir, mais ces mises en scène ne représentent pas la réalité de la vie sexuelle, avec ses désirs et ses nuances de délices.

Tu posséderais aussi un téléphone portable. Je me demande si tu aurais laissé un garçon te filmer, nue. Sûrement. Tu n'aurais pas osé dire non, tu aurais voulu transgresser une limite. Et tu aurais pu te retrouver sur les écrans de téléphone de tout le lycée, violée numériquement. J'ai beau savoir que cela ne t'est pas arrivé, je suis tentée de te donner ce conseil, au cas où tu voyagerais dans le temps : ne laisse personne te filmer en train de te déshabiller ou de pratiquer un acte sexuel. Si ces expériences-là te semblent inoffensives, elles peuvent se révéler aussi cruelles que les jeux du cirque.

Mais tu as treize, quatorze puis quinze ans dans un monde où le Web n'existe pas encore. Il y a juste le Minitel rose et ça coûte de l'argent, alors tu ne te connectes pas.

Très peu d'images de sexe sont stockées dans ton cerveau avant que tu ne te retrouves nue dans un lit avec un garçon. Cela a dû accentuer ta crainte, amplifier le mystère ; et cela t'a sûrement préservée, aussi. Aucune image de pénétration violente, de seins siliconés, de gros plans écœurants, ne te vient à l'esprit quand tu imagines « le » faire. Tu fantasmes plutôt de la douceur. Un luxe, aujourd'hui.

Je n'aimerais pas que tu sois adolescente en 2020.

Pour qui je me prends ? Ta mère ?

J'aimerais t'éviter de souffrir. Je connais la suite et je freine comme si, en l'écrivant, je pouvais transformer le passé.

Mais la romancière n’est pas la mère.
Je ne dois pas céder à l’angoisse.
Pas trembler.
Ne rien filtrer.

2

Les rasoirs dans l'entonnoir

De tes quinze ans à tes dix-huit ans, tu vas chercher la mort.

Je préfère te prévenir. Je me dis que si tu lis ces mots, comme une sorte de retour dans le futur, tu seras préparée.

J'aurais pu écrire aussi : chercher la vie.

Si tu repousses les limites, c'est pour te sentir vivante.

Oublie le carnet rose. Tu l'as balancé au fond d'une caisse et tu écris désormais sur n'importe quel support : des feuilles de cours à carreaux, des bouts de papier déchirés, des cahiers à spirale.

Tu te rends au lycée avec ta mobylette verte. Un coffre à l'arrière te permet de ranger ton sac, tu te gares sous le préau en tôle ondulée, dans la cour principale. J'ai gardé peu de traces écrites de toi en seconde. C'est pourtant cette année-là que tu commences à décrocher, c'est-à-dire à te décoller du bord du trottoir pour flotter dans ton monde intérieur.

Ce n'est pas un flottement agréable, rien de léger ni d'aérien, c'est une pesanteur étouffante, moite. Tu ressens quelque chose de pourri en toi, qu'il faudrait extraire pour que tu puisses traverser la cour comme les autres, sans frémir. Ce frisson est ton nouveau compagnon, un mélange d'angoisse et d'appréhension avec un zeste de lassitude. Tu commences à te voûter et à espacer les shampoings.

Ta meilleure copine n'est pas dans la même classe que toi. Elle passe son temps désormais avec une autre camarade qui ne te ressemble pas, une fille sportive, enjouée, qui prend soin de son corps et cherche à plaire. Quand tu les vois toutes les deux complices dans la cour, tu te fermes. Tu ne parviens plus à sourire franchement et deviens peu loquace.

Les autres filles que tu aimais bien sont dans une autre seconde encore. Vous avez été dispersées, te donnant l'impression que le lycée cherche à t'isoler et te maintenir à distance. Il y a pourtant des élèves sympas et intéressants dans ta classe, mais la frustration d'être séparée de tes amies du collège et d'être encore surveillée par des pions, se mêle à une colère sourde qui commence à gronder en toi.

Être au lycée aurait dû te plaire, toi qui voulais tant quitter le collège, mais le peu d'autonomie qu'on vous accorde te donne encore plus soif de liberté. Tu détestes qu'on te dise ce que tu as à faire. La laisse tenue par les adultes s'est un peu relâchée, c'est tout. Mais elle est encore là et cela te devient insupportable. Être réveillée en sursaut par une alarme te hérisse. Devoir prendre ton petit déjeuner en quatrième vitesse, te dépêcher pour arriver à 8 heures au lycée te stresse. Toutes ces heures assises à recevoir des informations sans pouvoir les contredire t'ennuient. Le soir, il faut dîner en tête à tête avec tes parents maintenant que tes deux frères ont quitté la maison, et tenir la chandelle te complexe. Pourquoi es-tu encore là alors qu'eux sont partis ? Ils étaient plus vieux, mais tu te croyais des leurs.

Tu te demandes si tu franchiras un jour la porte de cette maison pour vivre enfin ta vie, ou si tu resteras piégée. Cela doit être tentant de garder sous cloche la plus jeune enfant et la seule fille, penses-tu. Alors tu boudes pour manifester ta désapprobation. Trop jeune pour être autonome, trop âgée pour apprécier encore de te retrouver entre papa et maman. Tu ne veux pas de cette place ; être la dernière. Et tu ne te projettes pas non plus dans une autre famille, un clan que tu pourrais enfanter. Ras-le-bol de la famille. Tu ne veux pas changer la carte de la fille pour celle de la mère, tu veux envoyer valser le jeu. Tout balancer à terre pour faire du vide et créer ton propre sillon.

Tu veux sortir de cette maison.

Mais tu n'as que quinze ans et il reste trois longues années avant ta majorité. Cela te semble bien trop long pour patienter sagement. Tu ne veux plus être sage. Tu aimerais basculer de l'autre côté : dehors.

À la fin du premier trimestre, une nouvelle élève rejoint ta classe. Elle vient de passer une année aux États-Unis et tu sens un vent nouveau souffler quand elle te raconte ses péripéties américaines.

Vous arpentez ensemble les puces de Clignancourt pour chercher de vieux jeans et des chaussures Doc Martens. Sur un stand fourre-tout, vous trouvez un jour un guide pratique sur la sexualité. Elle te met au défi de l'acheter et tu t'exécutes crânement, en masquant ta gêne. Le soir, dans ton lit, tu t'empresses de parcourir l'ouvrage à la couverture digne d'un roman à l'eau de rose, un couple s'enlaçant sous un drap. Dans le chapitre consacré aux différentes techniques de « stimulation manuelle », tu tombes alors sur ce terme : « le lâcher de boules ». Tu appelles immédiatement ta nouvelle copine pour lui lire le passage à haute voix, ta lecture entrecoupée d'esclaffements, et ce sera un de vos jeux favoris pendant un mois de le déclamer encore et encore.

Je pensais le connaître par cœur, mais je dois rechercher le passage en question sur Internet pour retrouver l'explication précise.

« Formez un U avec une main, le pouce largement écarté, et glissez-la sous les testicules. Pratiquez une caresse ascendante autour du phallus. Vous entraînez les testicules dans la montée – ils retombent d'eux-mêmes à leur place quand votre main arrive à mi-hauteur du pénis. »

Vous vous tordez encore de rire dans les toilettes du lycée en mimant « la main en panier » (les mains l'une dans l'autre enserrant le pénis) ou « la prière » (les deux paumes pressées l'une contre l'autre).

– Et pourquoi il n'y a rien sur notre plaisir à nous ? s'interroge ta copine après avoir lu le livre.

Tu ne l'avais pas remarqué, comme s'il était normal que tout tourne autour du pénis. Et cela t'interpelle. Vous parcourez de nouveau toutes les pages, trouvez à quelques reprises le mot « vagin », pas une seule fois le mot « clitoris ». Ce qui concerne la sexualité féminine reste secret, secondaire ou tabou, selon les âges et les sociétés. Décidément, ta curiosité se heurte à des portes fermées.

J'essaie de t'ouvrir la voie.

Je cherche en moi ta voix, j'essaie de te ressusciter.

Mais tu n'es pas morte. Ma vie adulte ne s'est pas construite sur tes cendres. Mon enfance n'est pas enterrée, tout comme mon adolescence ne s'est pas volatilisée mystérieusement. Si chaque année a tissé mon existence, les époques ne sont pas des personnages qui vivraient en moi. Ils ne vont pas sortir comme par magie du chapeau pour faire leur numéro. La gamine, la rebelle. Vous n'êtes pas figées. Vous êtes vivantes, bien vivantes, imbriquées, entrelacées, insaisissables. Nous formons un tout indissociable, aux voix discordantes.

Et toi, l'ado, tu n'aimes pas ces digressions. Tu voudrais que j'abrège, que je m'en tienne au sujet initial : le sexe. Mais si tu veux t'abandonner à la jouissance, tu ferais bien d'abord de t'apprivoiser.

Tu te cherches à travers les autres.

Je me cherche à travers toi.

C'est une évolution, je crois.

J'espère...

Pourquoi tu racontes tous ces détails intimes ?
Tais-toi ! On va se moquer de moi.

Je ne vois pas pourquoi. Tout le monde, garçon et fille, s'interroge un jour sur son corps et sa sexualité, traverse des moments de doute et de malaise. L'expérience s'acquiert, ce n'est pas inné.

Pourquoi j'écris tout ça ?

Parce que ce que tu n'as pas compris à l'époque, j'ai besoin de le comprendre aujourd'hui.

Au début du deuxième trimestre, ton amie d'Amérique obtient une place dans une classe bilingue, dans un autre établissement. L'éclaircie aura été de courte durée. Son énergie contestataire et vos fous rires te manquent. Auprès d'elle, en quelques semaines, tu as remis en cause le système scolaire.

Tu fumes, désormais. Tu arrives en retard, bâcles tes devoirs, ne lèves jamais le doigt en classe. Tu manifestes bruyamment ta désapprobation quand un prof annonce un contrôle, tu souffles et balances ton cahier dans ton sac dès que la sonnerie retentit, tu refermes d'un coup sec les portes. C'est peut-être ton activité préférée : claquer les portes, comme si tu assénais une baffe. Vlan ! dans votre gueule.

Tu parles de plus en plus mal, utilises volontairement des gros mots pour choquer les autres. Tu délaisses la variété française pour du rock anglais, puis du punk. Tu ne t'habilles plus qu'en noir, ne brosses pas tes cheveux gras, ne te maquilles toujours pas, portes les mêmes baskets trouées en toute occasion, ne fais plus l'effort d'articuler, commences à boire de la bière dans les soirées, teins tes cheveux au henné ou en noir corbeau, rotes bruyamment. Tu n'es pas du tout la jeune fille en fleur qui rend fiers les parents ou de bonne humeur les profs.

Ton attitude rebelle te permet tout de même de te faire remarquer par les autres élèves qui t'élisent déléguée de classe après la démission du délégué élu en début d'année. Cachant ta timidité sous un masque frondeur, tu prends un malin plaisir à t'opposer à l'équipe enseignante lors des réunions de classe et à défendre bec et ongles les mauvais élèves. Cela durcit tes relations avec tes profs, qui se méfient de tes interventions et évitent de te donner la parole. Tu t'enfermes peu à peu dans ce rôle de la rebelle solitaire.

Tu regardes de loin tes anciennes copines s'intégrer avec facilité, s'accommoder des nouvelles règles du secondaire, en te demandant comment elles peuvent apprécier cette prison. Tu leur en veux de ne pas mener la fronde à tes côtés. Tu boudes, sourcils froncés, en fixant à travers la fenêtre un point à l'horizon. Il faut t'interpeller à plusieurs reprises pour que tu daignes tourner la tête vers tes interlocuteurs, que tu mitrailles alors du regard.

Le lycée, c'est une plus grande maison tenue par d'autres adultes, rien ne t'attire là-bas.

La rue, ce n'est plus la maison.

Le mince espoir que tu avais fondé sur le lycée – vivre enfin libre – s'amenuise au fil des semaines. Tu ne t'intéresses plus à aucun élève et lorgnes les jeunes plus âgés, déscolarisés, qui traînent à la sortie. Puisque tu ne peux pas t'échapper de la maison, sortir de ton corps, alors tu deviens obsédée par l'idée de ne plus aller au lycée.

Il faut bien que tu sortes de quelque part.

Si j'étais ta mère, je ne tournerais pas cette page.

Ta chiante de mère te dit MERDE pour ton week-end.

Surtout ne bois pas d'eau minérale ce serait "mauvais" pour ton régime.

Surtout ne regarde pas dans le frigo il y a des boîtes d'albumine qui ne sont [illegible] pour toi. (n'en prends pas une au repas de midi, ni une au repas du soir ce serait une grave erreur.)

Surtout ne regarde pas dans le congélateur où il y a des épinards et haricots verts qui ne sont pas non plus pour toi. Ça ne serait pas une bonne idée de prendre ça en même temps que l'albumine.

Si tu as un petit creux surtout ne prends pas un morceau de comté ou une pomme tu pourrais attraper des boutons…

Je rentre demain soir,
Surtout ne m'attends pas je
serai en retard de 2 heures.

Continue à me traiter de
Chiente, j'adore !

Z.

Ta mère avait raison : elle est rentrée avec deux heures de retard.

Ah, ça te fait marrer ? Qu'est-ce que tu lui avais fait, à ta mère ?

Est-ce la fois où tu avais teint tes cheveux en bleu, repeint les trois murs de ta chambre en noir (tu avais laissé le plafond blanc, quand même) ? Ou tué le lapin (décédé de mauvais traitements, selon le vétérinaire. Tu croyais qu'il dormait, alors qu'il était malade, puis mort) ?

Ah non, je sais ! Tu n'as tout simplement pas ouvert la porte de ta chambre. Pas baissé la musique, poussée à son maximum (les Bérus, sûrement : *Salut à toi ô mon frère, Salut à toi peuple khmer... Flic-armée porcherie, Apartheid porcherie, DST porcherie et Le Pen, porcherie !*).

Alors elle a laissé un mot. Logique.

« Tu fais une sacrée crise d'adolescence, toi ! Tu leur en fais voir de toutes les couleurs, à tes parents... » Ce reproche qu'on ne cesse de te seriner te semble cruel. Injuste. Parce que c'est une partie de plaisir pour toi, peut-être ? Un jeu ?

Tu te fais la promesse de venger un jour toutes les adolescentes boulottes aux dreadlocks bleues que des adultes toisent en se pinçant le nez.

Enfant, tu n'as jamais été considérée comme la plus intelligente ni l'artiste de la famille. Tu étais la plus jeune et la seule fille. On ne t'a pas fait sentir inférieure à tes frères, tu pouvais les accompagner dans la plupart de leurs jeux et activités. Tu les suivais, plutôt, en raison de ta différence d'âge, ce qui te frustrais. Tu aurais préféré être la meneuse. On te respectait en tant que fille, n'empêche : tu sentais cette tacite différence entre vous. Un garçon est encouragé à sortir de la maison, la fille à la préserver. À la frustration s'ajoute alors la colère, qui t'instille aussi une ambition.

Un jour, un jour...

Tu leur prouveras ce que tu vaux.

Et je leur dirai tout, tout ce qu'ils n'ont pas entendu.

AU SECOUR

Tes parents ne te comprennent plus. Ils n'ont pas vu ce qui s'était passé pour que tu deviennes aussi irascible, apathique, morbide. Et toi non plus, tu ne comprends pas ce qui t'arrive. Car il ne s'est rien passé de particulier. Il n'y a pas eu un événement, un drame, qui pourrait expliquer que tu aies renoncé presque subitement aux poèmes enfantins, naïfs, pour rédiger durant tes insomnies, en fumant clope sur clope, des fictions sordides.

À dix ans, tu gravais le prénom de ton amoureux sur un tronc d'arbre sans te soucier des promeneurs.

À onze et douze ans, tu faisais tes premiers pas au collège en cherchant à ressembler aux autres. Tu ne voulais pas sortir du lot, mais te fondre dans la masse avec tes lolos trop encombrants.

À treize ans, la salle de cours commence à te sembler étroite. Tu déplaces ta table pour trouver un meilleur angle (tu n'aimes pas faire face au prof, tu préfères te mettre de côté pour observer). Le prof t'engueule. Tu te prends pour qui ? Tu te retrouves au fond de la classe avec les garçons. Ils t'acceptent dans leurs rangs, sans jamais te draguer. Tu te dis que ça serait mieux de sortir du lot, finalement.

À quatorze ans, tes premières expériences avec les garçons te déçoivent. Tu crains de ne pas être normale.

À quinze ans, ta peur s'accentue et tu redoutes que quelque chose en toi ne déborde. Tu parles d'un monstre, d'une autre. Tu n'as plus envie de te lever. Ce n'est pas l'extérieur qui te fait peur, mais ce qui pourrait surgir de toi. Tu te sens menacée. Tu es le monstre et la proie.

La comédie familiale a viré au drame psychologique en quelques saisons. Lors de tes insomnies, tu te coupes parfois légèrement le poignet avec un cutter. Tu restes assise des heures à réfléchir sans trouver une issue à ton mal-être. L'air de rien, ton corps de gamine s'est arrondi. Un jour, tu te regardes dans la glace et tu vois une grosse. Tu deviens obsédée par l'idée de maigrir. Tu fais des pompes dans ta chambre pour perdre du poids, tu te pèses chaque matin en notant sur un graphique les kilos, tu manges le Nutella à la cuillère avant de te faire vomir.

Cela me semble une telle méprise aujourd'hui. Tes courbes ne sont pas des excès qu'il faudrait infléchir ; tu t'arrondis car tu deviens une femme.

Quinze ans, c’est un enfant de cinq ans ; fois trois.
Quelqu’un pleure constamment en toi.

24 juin 1993
15 ans

Je ne pense pas être incomprise. C'est pire. Les gens ne cherche pas à me comprendre. Je pleure, je pleure et rien ne change. Il faudrait au moins faire semblant d'être heureuse pour qu'ils n'est pas mauvaise concience. J'écris parce-que j'ai peur d'oublier. Pourtant je suis sûre que je ne me reconnaitrai plus lorsque je me relirai. Je dirai "mais c'est pas possible, je n'étais pas comme ça !" J'aurai aimé laisser plus de traces. Surtout l'année de mes 13-14 ans.

Aucun événement marquant n'est inscrit dans ton journal l'été qui a suivi ta seconde. Tu reviens à contrecœur au lycée en septembre. Et tu étouffes. Tu vis cette rentrée en première comme une régression : pourquoi es-tu encore là, à cet endroit qui ne te convient pas, au lieu de vivre la grande aventure ? Cette répétition attise ta colère.

Un jour, après une énième mauvaise note, tu refuses catégoriquement de te rendre au lycée. Tu n'as plus envie d'apprendre des leçons par cœur, rester le cul sur une chaise à être gavée de concepts sans pouvoir arpenter le monde. Tu voudrais expérimenter d'abord, comprendre ensuite.

On te sort de force du lit, tu te laisses traîner sur la moquette. Un matin, deux matins, des cris et des pleurs. Tu t'enfermes dans ta chambre. Quand tes parents sont trop inquiets, ils ouvrent la porte avec un tournevis. Tu bloques la poignée avec une chaise.

Tu finis par avoir une discussion avec ton père et vous parvenez à un compromis : tu n'iras plus au lycée cette année, tu suivras des cours par correspondance. En échange, tu promets de travailler sérieusement et de retourner en classe l'année suivante pour passer le bac.

Tu te sens libérée.

Dans quatre-vingts jours, tu perdras ta virginité.

Je cherche désespérément ta trace. Étrangement, tu sembles chercher également la mienne, comme si tu m'attendais.

le lundi 14 novembre 1994
ville d'Auray. 16 ans 6 mois 3 jours

On pourrait qualifié le jour qui vient de s'écouler comme un jour de glande. J'ai du écrire 3 lettres et passer environ 12 coups de fil, regarder 3 à 4H de télé et fumer 15 clopes... Qu'dis-je donc fais alors d'intéressant pendant plus de 10H ? Je crois que je n'ai même pas réfléchi. J'ai simplement savourer le plaisir d'être libre. Ne plus devoir aller en cours est une telle satisfaction ! Mais, pour moi, les heures les plus créatives et énergiques commencent lorsque tout le monde dort. Je viens de dessiner - recopier un dessin pourri sans imagination. Radio Libertaire commence à me prendre la tête et il ne me reste plus qu'une clope. Je crois que je vais ouvrir mon bouquin de philo. N'y-a-t'il donc rien à tirer de cette journée ? Était-elle inutile ? Malheureusement, j'ai l'impression qu'il faut agir donc bouger et non pas réfléchir pour avoir le sentiment d'avoir vécu. C'est cool en ce moment je ne pense plus à l'amour autant qu'avant. Ça fait du bien. Peut-être que ce que j'écris sortira en bouquin un jour. Ce serait sympa. On lirait en petits caractères sur la couverture "itinéraire d'une paumée, d'une petite conne, d'une inconsciente d'une idéaliste d'une fille en un terme inutile". Les gens l'achèteraient pour se rassurer. Ils penseraient "heureusement, y'en a qui sont plus malheureux que moi" GROS CONS !

le lundi 12 décembre 1994
Ville D'Avray. 16 ans. 7 mois. 1 jour

Ç'est dingue ! Ça fait exactement 1 mois que j'ai commencé à écrire dans ce cahier.
J'ai l'impression que ça fait une éternité et en même temps, un mois dans l'année de ses 16 ans c'est quand même qqchose !
Un bilan s'impose.
Ouah ! Ça fait bizzare... Est-ce réellement moi qui ait écrit ça ? J'ai l'impression de lire une fiction.

Je te sens douter. Tu pensais que je te livrerais le mode d'emploi du sexe et puis basta. Que je te parlerais positions, sensations, avec en bonus quelques exercices pratiques.

C'est quoi ce guet-apens ?

Te voilà au cœur de la cible, sujet d'étude de mes délires.

Sois honnête, un peu lucide : pas une page dans tes carnets sans que tu te sentes incomprise ou invisible. Je te donne enfin le premier rôle et tu parviens encore à te plaindre !

Je me raccroche à tes écrits pour tenter de te déchiffrer. Je ne t'ai pas oubliée, tu n'es pas une étrangère, même si tu ne m'es plus vraiment familière. Le malêtre que tu ressens intensément n'a pas tout à fait disparu de moi, mais il s'est apaisé. Il s'est peu à peu retiré comme une vague déferle sur le rivage, puis se transforme en écume.

Tu fais ta première fugue un 31 décembre au prétexte de n'avoir aucune soirée où aller. Les options qui s'offrent à toi te frustrent. Alors tu joues à Sophie Calle, une artiste qui laisse le hasard guider ses œuvres, en te pointant sous le tableau des départs à la gare Montparnasse. Tu monteras dans le premier train.

Tu te retrouves au Mans.

Tu as seize ans, la nuit tombe et tu n'as pas un sou en poche. Tu n'as pensé à rien. Pas d'argent, pas d'habits, pas de plan. Tu appelles la police, puis tu raccroches lorsqu'une voix d'homme résonne dans le combiné, en te rappelant que tu es mineure. La peur bat dans tes tempes.

Qu'est-ce qui t'est passé par la tête ?

Tu cherchais l'aventure et cette petite ville de province, aux illuminations de Noël aussi tristes que des néons de sex-shop, te laisse un goût amer. Celui de l'échec. De la honte. Tu n'es pas au bout du monde, tu as juste fait trois heures de train. Et rien de bien ne découlera de cette nuit.

J'hésite à te réconforter ou à t'engueuler.

Une trentenaire hésite aussi en passant devant toi, elle finit par t'aborder en te demandant ce que tu fais là, à traîner seule dans la rue. Son copain vient de la planter, elle avait tout préparé : le repas de fête avec le champagne, la purée, la gâteau et tout. Tu la suis dans son HLM.

C'est en bordure du centre-ville, sans magasins, sans bars, sans rien. Des petites fenêtres quadrillent des immeubles en béton, cernés par des parkings. En progressant dangereusement sur le trottoir verglacé, tu te sens comme une morte-vivante qui ne sait pas encore de quel côté tomber. Une adolescente en apparence normale, c'est-à-dire mal dans sa peau et rebelle, mais dont le mal-être n'est pas une simple phase de sa métamorphose, une étape avant l'éclosion. Tu es convaincue qu'aucune femme resplendissante n'émergera de cet état temporaire. Tu ne construis pas de carapace ou je ne sais quelle chrysalide, tu te consumes.

Alors tu avances dans ce décor lugubre la peur au ventre, sans faire demi-tour pour autant. Rien ne peut être pire que ton état intérieur, penses-tu, donc tu ne te méfies pas du monde extérieur.

L'appartement de la fille sent la lavande industrielle en spray et une couche de peinture saumon, trop claire, révèle encore en arrière-fond l'ancien papier peint à fleurs. La table est déjà dressée pour deux, les plats alignés sur un buffet. Elle a dû cuisiner toute la journée pour l'homme qui lui a fait faux bond. C'est glauque.

Mais c'est ta chance, pauvre idiote.

Il ne t'arrivera rien cette nuit. Vous parlez longtemps, elle essaie de te raisonner et tu repars à l'aube, en sens inverse. Tes parents n'ont pas dormi de la nuit. Tu appelles d'une cabine téléphonique en arrivant à la gare de banlieue. Ton père vient te chercher en voiture.

Ton estomac est noué. Il le restera pendant des années.

SNCF

BILLET

LE MANS → PARIS MONT 1 ET 2

Valable 24 heures maximum après compostage
Maximum term of validity : 24 hours after punching

01ADULTE

UTILISABLE DU 01/01 AU 02/03/95

Dép 01/01 à 12H16 de LE MANS
Arr à 15H07 à PARIS MONT 1 ET 2
TRAIN 85726

Classe 2

TARIF NORMAL

Dép à de ***
Arr à à

Classe *

Prix par voyageur : 135.00

Prix FRF **135.00

KM0211 :
132 :
B

:DV 090968614 LE MANS
:CA 010195 11H35
:5267A4 Dossier : RSMUII Page 1/1

441031445

94000

Il va bien falloir qu'on en parle, de cette première fois. Mais peut-être n'es-tu plus sûre de vouloir savoir, finalement ? Parce que mon histoire, jusqu'à présent, elle ne te fait pas rêver. Tu fantasmes un aventurier, et voilà que je te présente un paumé. Un homme qui dort dans un sac de couchage dans la rue, sur un bout de carton.

C'est quoi encore, ce plan foireux ?

À toi de me dire. Qu'est-ce qui t'attire chez lui ? Le fait qu'il crache du feu ? Il te fait penser à un dragon, qui éloigne le danger, tient à distance les autres.

Mais c'est qui ? C'est qui ?

Ce n'est pas moi qui ai pris le bus puis le ferry pour aller à Londres.

C'est toi, tête de nœud.

Je résume ta vie : tu viens de quitter le lycée. Tu reçois chaque semaine des devoirs du Cned, le Centre national d'enseignement à distance, que tu n'ouvres même pas. Tu passes des heures à fumer, manger et regarder la télé. Tu rêves d'un grand destin. Mais tu te sens incapable de réaliser quoi que ce soit. Dîner en tête à tête avec tes parents est une épreuve. Tu es terriblement jalouse de l'indépendance de tes deux frères. Ils t'ont abandonnée dans ce huis clos minable. Ton horizon de fille, c'est d'être aspirée dans le foyer. Tu devras enfanter pour que le cercle vicieux ne s'arrête jamais. De fille, ne t'embête pas à devenir femme, mets au monde une fille plutôt et tout restera à sa place.

Quoi, il ne te plaît pas, cet avenir ?

Tu préfères t'approcher du dragon et lui demander son nom ?

Oui.

3

Londres

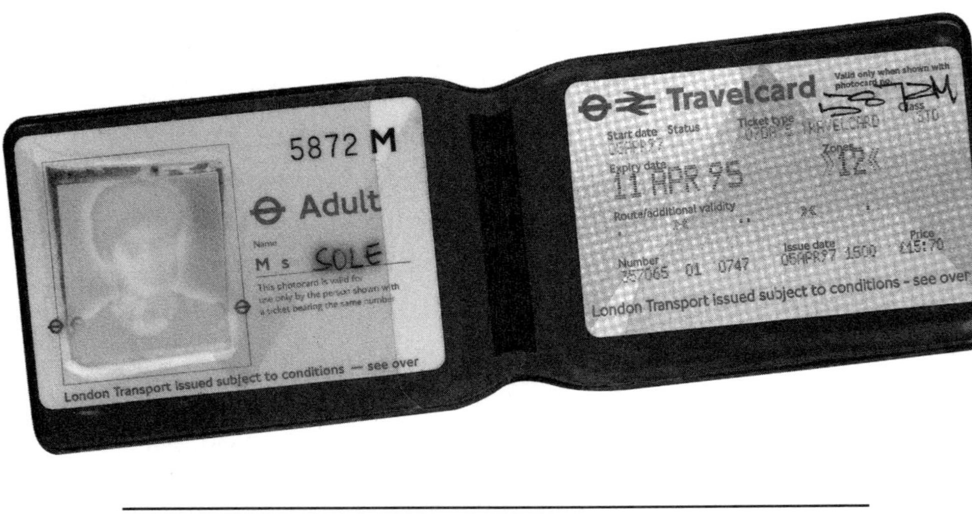

* « Que s'est-il passé ? Je suis perdue
Si loin de chez moi
En plein cœur de la réalité
Mais dans une autre galaxie »

Tu fixes les bords de l'autoroute, le front appuyé contre la vitre. Cela fait trois heures que le bus a quitté la gare routière Gallieni. La pluie fine, mélancolique, tombe en rideau sur les champs de terre. Des hangars en tôle déserts semblent échoués sur un rivage de boue. La plupart des passagers sont endormis. Tes yeux à toi sont ouverts, ton regard noir fend comme une meurtrière ton visage blafard et poupon. Tu as fait ton sac sur un coup de tête, un jour un peu plus sombre que d'habitude, une sonnerie un peu plus stridente que d'habitude. Ce matin, quand ton poing s'est abattu sur le réveil, tu as pensé qu'il aurait pu tout aussi bien s'écraser sur ton propre visage ; il était temps de partir.

Tu as seize ans, et tu as décidé de prendre ta vie à bras-le-corps. Puisque rien ne s'est produit d'intéressant au lycée, il devient urgent d'aller voir ailleurs. Tu n'as aucune idée de ce qui t'attend, de ce qui pourrait survenir, tu n'as prévenu personne, tu connais juste la destination : Londres.

Le bus sent la sueur et les frites. Tu mets tes écouteurs et la musique à fond, il pleut des cordes, alors c'est comme ça, l'Angleterre ? Comme la France, mais avec le sentiment que maintenant tout peut arriver.

Les premières rues t'enivrent. Il y a des échoppes de produits exotiques et des murs entiers parsemés d'affiches de concerts et de tags, il y a des rastas en groupe devant un magasin de disques, un punk et des vieilles. C'est plus sale et plus délabré que là où tu vis, et ça te plaît. Enfin, tu sens que quelque chose peut se passer. Vraiment. C'est-à-dire pas quelque chose que tu aurais voulu, comme réussir un examen parce que tu aurais révisé, mais quelque chose d'inattendu. Ça fait battre ton cœur plus vite, tout ce qui pourrait arriver dans cette rue, dans ce quartier, c'est galvanisant d'avoir enfin décampé.

Le West End, tu ne sais pas encore que tu vas y dormir. Pour l'instant, tu vois les sex-shops et leurs néons roses, les putes, les clochards, plein de jeunes dans des sacs de couchage, beaucoup de fast-foods et de 7-Eleven, mais ça non plus tu ne sais pas que ça deviendra ton unique cantine.

Tu n'as pas faim. Pourtant, tu n'as rien mangé de la journée, mais tu veux juste fumer. Tu penses que tout peut changer en une nuit, une rencontre.

Tu crois qu'on peut se débarrasser de son enfance en poussant brutalement la porte de l'indépendance et que demain la ville te tendra les bras.

Tu as attaché ton pull autour de tes hanches. Ton jean est trop long d'une dizaine de centimètres, tu marches dessus. Avec le temps il s'est effilé, des fils blancs pendent et se noircissent au fil de tes pas. Tu n'as pris que le minimum. Aucune affaire de rechange, juste ta brosse à dents et ta carte d'identité. Tu trimballes quand même un petit sac à dos noir usé et vide, avec des noms de groupes de rock écrits au feutre et parsemés de « A » anarchistes.

C'est la foule à Piccadilly Circus, des touristes parlent fort, un ivrogne les insulte, personne n'y prête attention. C'est l'ébullition malgré le froid de canard, mais c'est là que ça se passe, les sorties et le vomi, la drague et les passes. Les panneaux publicitaires clignotent, ils sont gigantesques, ça donne une drôle d'énergie, tu aimerais tellement parler couramment anglais et vivre à cent à l'heure, t'installer ici, ne pas venir de là d'où tu viens, être une fille déracinée. Mais d'abord il faudra vivre seule. OK pour tout, ça te va tant que c'est loin du lycée et des journées qui se ressemblent toutes.

Tu suis la foule qui se dirige vers Leicester Square et, trente ans plus tard, ce nom te donnera encore envie de pleurer, de tristesse ou de joie, de ce temps où tu ne savais encore rien de l'effort, de la détermination, des choix, où tu avançais dans la rue sans but. C'est là que tout va commencer. Parce qu'avant, ce n'était que du vent.

Subitement, il y a le feu. Une grosse flamme qui éclaire la nuit et des gens en cercle, les yeux écarquillés. Tu t'approches, tu es intriguée. Ça sent comme de l'essence, mais pas vraiment, il fait chaud en plein hiver. Et puis, tu le vois. Un grand type avec un chapeau de lutin qui contraste avec son air bandit, le mélange est troublant. Il parle à la foule avant de cracher, après le feu sort de sa bouche, il s'essuie avec un mouchoir et il salue.

Il vient vers toi, il a son chapeau tendu, il te dit quelque chose en anglais que tu ne comprends pas. Tu te retrouves avec son chapeau dans la main et il te fait signe d'avancer, de secouer le chapeau, de demander de l'argent. Il n'arrête pas de prononcer ces mots que tu n'as jamais entendus auparavant: « *spare some change** ».

Alors tu passes le chapeau : il crache le feu, puis tu demandes de l'argent aux gens.

---

* « Est-ce que vous auriez de la monnaie ? »

Le cracheur de feu est irlandais. Vous buvez de la bière, fumez des joints et mangez des chips avec une dizaine de sans-abri adossés à la grille d'un square. N'importe quoi peut se produire à tout moment, et cet état d'urgence, tu l'attendais depuis longtemps.

Tu te débrouilles en anglais, mais tu ne comprends rien à son argot ni à son accent. Alors vous parlez peu. Cette barrière de la langue t'arrange, tu peux rester silencieuse. Cela le rend aussi mystérieux et te permet d'imaginer ce que tu veux de lui. Il n'interpelle pas les passants comme les autres mendiants. Il se donne en spectacle en crachant du feu, et gagne le fruit de son travail. Sauf qu'on le paie en centimes et qu'il passe son temps à faire des tas pour comptabiliser son butin. Il faut vingt piécettes pour acheter un sandwich.

Tu passes la soirée ainsi, mineure parmi les marginaux, pièce rapportée d'un puzzle énigmatique constitué de gueules cassées et de pieds nickelés. Malgré ton âge et ton milieu social aisé, tu te sens plus de points communs avec ces compagnons de fortune qu'avec tes camarades de classe. Tu préfères le monde des bas-fonds à l'illusion. « Meilleure amie pour la vie », « passeport pour l'emploi », les promesses du lycée te semblent une arnaque.

Alors, tu le laisses t'embrasser et le rejoins dans son sac de couchage. Vous vous endormez tout de suite, sans vous toucher, abrutis par les joints. Tu te fiches de dormir dans la rue. Tu préfères cela à sommeiller en cours.

Le deuxième soir, il te demande où sont tes affaires, tu dis à la pension. Non, ce n'est pas très loin, mais il faut prendre le bus. Tu as déjà payé pour la semaine avec l'argent de poche que t'avaient donné tes parents et tu étais seule dans le dortoir.

– Tu crois qu'on peut entrer sans se faire voir ?

Tu crois que oui, alors il roule un joint pour la route et vous vous dirigez vers l'arrêt de bus en vous titillant comme des gosses. Vous fumez le joint dans le bus, à l'étage, personne n'ose vous dire de sortir. Il a le visage couvert de marques noires, comme des traces de charbon, et il porte son gros sac à dos avec à l'intérieur juste une torche et la bouteille de paraffine. On dirait un cambrioleur qui serait passé par la cheminée, tu le lui fais remarquer et vous éclatez de rire et chantez ensuite pendant tout le trajet « *Jingle bells, jingle bells, jingle all the way!** ». Vous n'arrivez plus à vous arrêter. Vous pouffez de rire dans la rue, en faisant des acrobaties sur les murets bordant les maisons : « *O what fun it is to ride in a one-horse open sleigh, HEY!*** »

---

* « Les clochettes tintent, les clochettes tintent, tintent tout le long. »

** « Oh que c'est amusant de glisser sur un traîneau tiré par un cheval ! »

– Chuuuut ! On arrive.

Tu passes la première pour t'assurer que tout le monde est déjà couché. Les lumières sont éteintes. Vous avancez penchés, éclairés par son briquet et encore une fois, vous éclatez de rire.

– Mais chuuuuut !

Tu le fais attendre dans le couloir. Une fois dans la chambre, tu n'allumes l'interrupteur qu'après t'être assurée que personne ne dormait dans un des lits. Puis tu le fais entrer. Les quatre lits superposés sont vides. Il a l'air ébahi, cela fait neuf mois qu'il n'a pas dormi sur un matelas.

– La dernière fois, c'était en prison.

Tu te blottis contre lui, il est nu. On t'a dit que ça n'est jamais bien la première fois, alors tu es sur tes gardes. Tu te demandes ce que tu dois faire. S'il y avait une notice « Comment faire l'amour à un garçon », tu l'aurais déjà lue cent fois.

Tu crains qu'il ne se moque de ton inexpérience. Qu'il te trouve moche, grosse, pataude. Qu'il fuie le lit, dégoûté. Qu'il te laisse en plan, et en pleurs. Qu'il te fasse mal. Que tu fasses tout mal.

Stop ! Mettons sur pause. On peut bien figer quelques minutes la scène, puisqu'on rejoue le film, toutes les deux.

Tu es nue pour la première fois dans un lit avec un homme et tu trembles de peur. Bon. Respire.

Tu te sens sous pression car tout tourne autour de toi. Ce n'est pas un reproche que je te fais, plus une suggestion : et si tu changeais d'angle ? Si tu te mettais dans la peau de l'autre ? Si cet homme-là t'impressionne car il n'est pas puceau, imagine que c'est sa première fois.

Tu n'as jamais parlé de ça avec les garçons de ton lycée. Alors je vais devoir encore interrompre un dîner pour faire parler les copains.

J'avais peur de faire mal à la fille.

Je craignais de ne pas bander.

J'avais peur d'avoir mal à la bite.

Je redoutais d'éjaculer tout de suite.

J'étais terrorisé à l'idée de transpercer le vagin.

La branlette, OK, mais avec une fille... Je ne savais pas comment ça serait, quelles sensations j'aurais, si je devrais tout faire ou pas...

J'avais peur d'être nul, qu'elle se moque de moi.

Si les partenaires parvenaient à se confier l'un à l'autre, ils pourraient se découvrir quelques points communs. Faire front ensemble. Et faire l'amour, vraiment.

Mais revenons dans cette pension, à Londres. Dans ce lit. Dans ton corps. Malgré ta peur, tu glisses ta main sous le drap, trop curieuse de toucher un pénis pour la première fois.

La taille de son sexe te surprend. Tu l'imaginais imposant et la petite taille de l'organe, quand il ne bande pas, t'étonne. Puis, quand il se met en érection, il grandit vite et plus que tu ne l'avais imaginé. Cette transformation te fait rire. Ta peur s'estompe à mesure que tu te prends au jeu. Tu apprécies cette intimité nouvelle. Non pas être nue devant l'autre, mais être celle qui voit l'autre nu, qui partage son lit. Qui partage des regards, des confidences que personne d'autre n'échange. Toi qui trouves ton corps laid, imparfait, tu es agréablement surprise qu'il puisse susciter du désir. Tu ne sais pas du tout ce qu'il faut faire, mais tu n'es pas seule. Lui te guide. Il s'amuse de ta pudeur, plus étonné que moqueur, surpris que tu l'aies suivi si facilement alors que tu ne l'as jamais fait. Tu sens qu'il est fier d'être le premier, et tu le laisses mettre le préservatif en observant scrupuleusement ses gestes, pour apprendre comment faire.

Tu crains d'avoir mal quand il te pénètre, mais c'est une sensation plus étrange que douloureuse. En fait, tu avais tellement peur que tu te focalisais sur toutes les choses négatives qui pourraient survenir. Si tu n'éprouves pas vraiment de plaisir, ce n'est pas le naufrage que tu redoutais. Cela se passe assez vite, il jouit, toi non. Enfin, tu n'en es pas sûre à ce moment-là. Tu le sauras plus tard, quand tu auras enfin un orgasme.

Tu ne caresses pas seulement le corps d'un homme nu pour la première fois, tu as également l'impression d'avoir accès de façon inédite aux pensées et aux émotions d'un garçon. Les relations frustrantes que tu entretiens avec tes camarades du lycée volent en éclats avec ce premier rapport intime avec l'autre sexe. Ce qui se confie dans un lit n'a rien à voir avec ce qui se dit dans une cour de récré, et ça, tu adores. Après cette nuit-là, quand tu croiseras le regard d'un homme, tu te demanderas comment il se comporterait dans un lit, ce qu'il t'avouerait de lui. Même sans amour, tu as la sensation de percer l'autre en plein cœur.

Tu ne soupçonnes pas encore le plaisir que l'on peut éprouver en faisant l'amour. Car tu es encore méfiante, cherchant à garder le contrôle.

Il s'endort tout de suite après, en te tournant le dos. Ce n'est plus un simple inconnu. Mais, avec ce geste d'indifférence, il devient un étranger, quelqu'un qui ne te prend pas dans ses bras, qui ne t'aime pas.

Tu penses que tu as dû faire quelque chose qu'il ne fallait pas, ou que tu n'as pas fait ce qu'il aurait fallu. Lui te semble tellement fragilisé par la vie que tu lui trouves déjà des excuses. Tu aurais pourtant mérité plus d'attention et de tendresse. Finalement, ce n'est pas l'acte en lui-même qui te met tout à coup mal à l'aise, mais l'attitude de cet homme après avoir fait l'amour avec toi.

Tu mets du temps à t'endormir, le corps et les pensées agités. Au milieu de la nuit, tu te relèves pour te laver. Malgré ton incertitude d'avoir apprécié ou pas cette première fois, tu voudrais commencer ta vie à partir de cet instant, devant le lavabo d'une pension à Londres, un peu de sang entre les jambes et un paumé comme compagnon.

À partir de maintenant, tout ira bien, penses-tu. Une vie trépidante, voilà ce que tu cherches, et qu'importent les désillusions.

Tu t'étais mis une pression démesurée pour cette première fois. Alors qu'elle ne déterminera pas le reste de ta vie sexuelle ; tu auras tout le temps de cerner ton désir. Rien ne presse.

Il y a beaucoup de choses qu'on ne peut plus faire en vieillissant. Il y a tout de même un plaisir qui s'améliore avec le temps : le sexe.

Tu avais envie d'en finir au plus vite, avec un inconnu, car tu avais peur. Au moins, si cela se passait mal, tu ne le reverrais plus. Après, tu étais contente, parce que tu l'avais enfin fait, mais frustrée, aussi. Je réalise que ce n'était pas tant perdre ta virginité qui t'intéressait, qu'être aimée.

Le faire pour la première fois, ce n'est pas seulement choisir la personne ou le moment. C'est aussi décider quelle partie de ton corps tu as envie, ou pas, qu'il caresse. En te respectant et avec délicatesse.

Ça dure combien de temps ? te tracassais-tu.

Cela dure le temps de ton envie.

Tu craignais qu'il ne se moque de toi. Mais lui, t'a-t-il déçue ?

Tu ne t'es jamais posé la question. Je me la pose seulement aujourd'hui. Le désir de l'homme écrasait tout. Il avait de l'expérience, mais pas assez d'attention pour mettre de côté son plaisir ou sa performance et penser à toi.

Si je devais réécrire cette nuit-là, je tirerais ce fil : ton désir est tout aussi important que le sien.

Et ça changerait tout.

Tu as choisi un inconnu, mais ensuite tu l'as laissé choisir : quand, où, comment. Combien de filles comme toi pensent choisir leur première fois alors qu'elles décident juste du moment où elles se laisseront faire ?

Ça y est, tu es en colère ! Je te reconnais bien là, à bouillir de rage.

Car tu n'es pas d'accord avec moi. Tu n'as pas l'impression de t'être « laissé faire ». Rappelle-toi, me serines-tu, et plus j'y repense, plus des détails de cette nuit me reviennent effectivement en mémoire.

Tu l'as d'abord repoussé. Il a insisté, sans tenir compte de ton refus, et tu as tenu bon, alors il s'est endormi. Pendant ce temps, toi, tu as réfléchi. En pleine nuit, dans une ville étrangère, avec cet homme que tu venais tout juste de rencontrer, tu t'es aperçue que tu en avais vraiment envie. Alors tu l'as réveillé. Quand lui a voulu, tu as dit non. Quand tu le décides, vous le faites.

Tu vois ? Tu vois ? fanfaronnes-tu.

D'accord, je reconnais que tu as écouté ton désir, en l'exprimant lorsque tu t'es sentie prête. Mais pour quelles raisons en avais-tu envie ? Pour en finir au plus vite ? Pour te jeter dans la gueule du loup ? Pour qu'il ne te rejette pas ?

Ça y est, on y arrive ! C'est ce type de raisonnement qui t'exaspère. Pourquoi les adultes compliquent toujours tout, cherchent à analyser le moindre détail, prétendent tout savoir sur tout, se prennent autant la tête ?

J'EN AVAIS ENVIE, UN POINT C'EST TOUT !

Ah ouais, et si tu te trompais, toi aussi ? Avec ta grande gueule d'ado, tes convictions forgées en quelques secondes ?

Tu me donnes envie de brûler ces pages.

Je te hérisse.

Comment peut-on s'en vouloir autant alors qu'on habite le même corps, qu'on partage la même âme ?

Je t'en veux d'avoir fait une crise d'adolescence aussi morbide. Je t'en veux de ne pas avoir trouvé d'autres moyens de t'exprimer que l'autodestruction. Je t'en veux d'avoir lâché notre corps comme si c'était un corps étranger.

Je t'en veux profondément de m'avoir fait vivre une errance dont je mettrai des années à me remettre.

Parce que tu ne sais pas tout, encore.

Attends un peu... Tu vas voir ce dont tu es capable.

Ce que tu nous as fait traverser.

Si tu avais eu un peu d'estime pour toi, tu aurais pris tes jambes à ton cou. Tu aurais quitté ce lit, cette pension, ce pays. Mais tu as voulu prendre cette ville d'assaut, rester avec cet homme-là, alors qu'il était en plein naufrage, ravagé par la folie, la rue, écorché. Tu as pris ses blessures pour des confessions, et ta douleur pour de l'amour.

Tu t'es prise au piège.

Après cette nuit, qu'est-ce qui va m'arriver ?

Tu espères encore que la citrouille se transforme en carrosse… Tu as ouvert ce livre en croyant y trouver la clé. Celle qui te sortirait du cachot où tu as jeté tes bas instincts, ta honte et ta culpabilité. On cherche tous la baguette magique qui nous fera exister, apparaître au monde. On tourne la page avec cette ambition, ou ce désespoir.

Et si je n'avais aucun pouvoir dans ce récit ?

Écrire sa vie, mon œil !

Je ne dévierai pas l'histoire, j'ai juste la liberté d'y chercher du sens.

Et puis, tu me gonfles. Ce « tu » me gonfle. J'ai d'autres histoires à raconter que la tienne. Tes années adolescentes prennent trop de place, m'empêchent d'écrire sur autre chose. Comme si une partie de moi était restée bloquée à cette époque. Tu n'as pas eu ta dose de désillusions ? Tu penses encore sincèrement qu'il y avait une part de liberté dans l'errance de tes années lycée ?

Je me sens pleine de toi et de tes échecs. Tes tentatives avortées d'indépendance. Cette période ravive le doute ; j'aimerais passer le chiffon sur le tableau noir pour effacer la craie. Tu crisses dans mes souvenirs.

Va-t'en ! Va hanter une autre. Je te chasse pour remettre le compteur à zéro. Je nettoie ma peau de tes blessures, je n'en ai jamais eu. Ainsi, je n'aurais jamais été à Londres, vécu ces scènes dramatiques que tu n'as même pas osé écrire. Tes carnets ne sont que l'écume pour tromper le monde. Une mise en scène pathétique pour te donner un rôle, quand tu restes lestée dans les bas-fonds. Je dois m'ancrer autrement, ou plutôt m'encrer. Je cherche, je cherche... Je cherche ces mots qui te sont restés dans la gorge et m'oppressent encore, trois décennies plus tard.

Cette colère que j'éprouve pour toi, ici et maintenant, c'est celle que tu as retournée contre toi à l'époque. Me voilà de retour, dans le piège. La répétition d'une colère refoulée. Ton expérience à Londres ne t'a pas libérée, et cet échec t'a fait enrager. Toute cette histoire n'est peut-être qu'une tentative d'arrêter le manège, ne plus tourner en boucle sur moi-même. L'autofiction à son comble.

Ce qui va t'arriver ensuite, c'est la spirale. Tu vas aller de plus en plus mal. T'entourer de marginaux et de drogués ne va pas t'aider.

Je ne peux pas réécrire l'histoire. Pas celle-là. Tout ce que je peux faire, c'est t'insuffler un espoir : n'oublie jamais, aux heures les plus sombres, que tu vas t'en sortir.

MY LIFE IS A BAD TRIP
DESTRUCTION

Tu apprendras à jongler. Trois balles. Tu boiras de la mauvaise bière. Tu fumeras un paquet de cigarettes par jour. Tu te nourriras exclusivement de fast-foods et de chocolat. Tu mentiras à tes parents en les appelant d'une cabine téléphonique. Tu joueras aux cartes avec des alcooliques. Tu traîneras à Camden Town, Kentish Town, Soho. Tu te feras voler ton argent par l'homme qui partage ton lit. Tu prendras des bus rouges pour te réchauffer. Tu feras la manche. Tu recueilleras les confidences d'hommes meurtris. Tu rêveras du grand amour, assise des heures sur un trottoir gelé. Un punk t'apprendra à te battre. Pan ! Le poing bien droit dans la face. Tu jongleras avec quatre balles. Tu entendras des histoires de mômes perdus, tristes à pleurer. Tu te cacheras dans les toilettes pour pleurer. Tu traîneras à Leicester Square, Piccadilly Circus, Trafalgar Square. Tu joueras aux cartes avec des drogués. Tu connaîtras la petite boutique où acheter de l'herbe. Tu guetteras les passants en priant pour que quelqu'un s'arrête. Quand quelqu'un s'arrêtera, tu ne parleras pas. Ou tu diras que tout va bien. Tu te laveras dans des lavabos publics. Tu te cacheras en apercevant tes anciens camarades venus en voyage de classe pour qu'aucun ne te reconnaisse dans un sac de couchage. Le prof t'apercevra. Il ne s'arrêtera pas. Tu jongleras avec des massues. Tu auras des crises d'angoisse. Tu n'arriveras pas à t'endormir. Tu te réveilleras déjà épuisée. Tu verras des filles de ton âge faire le trottoir. Tu leur garderas leur sac. Tu cacheras ton âge aux forces de l'ordre. Tu te forceras à vomir. Tu connaîtras tous les sans-abri par leur nom, leurs délits, le danger qu'ils représentent. Tu joueras aux cartes avec des psychopathes. Tu dormiras dans des parkings. Goberas de l'acide. Hallucineras dans une église. Erreras dans des raves. Sèmeras des policiers dans un champ. Échapperas à une attaque de skinheads. Pleureras tes amis morts étouffés dans leur vomi, par overdose, ou assassinés au couteau.

Qu'est-ce qui nous sort la tête hors de l'eau? Quel instinct de vie surgit un matin pour nous faire changer de trottoir?

Tu sens que tu vas mourir dans cette ville si tu restes là. Et tu dois avoir sacrément envie de vivre pour entendre ton cœur palpiter dans ce tumulte.

Mais je ne me souviens pas d'un événement précis qui t'aurait réveillée. Il y a cette urne remplie de centimes que vous récoltez avec une amie pour une association humanitaire. Et même ces centimes-là, vous les volez.

Il y a cet homme qui tente de t'entraîner dans un fourré, devant l'entrée d'un parc. Par miracle, tu as ton Walkman à fond et tu cries au même niveau sonore, ce qui le fait reculer et te permet de fuir. Tu te souviens encore de la chanson des Smashing Pumpkins qui pénétrait tes oreilles à ce moment-là.

« Despite all my rage I am still just a rat in a cage. * »

Tu reviendras avec une tringle à rideaux à l'entrée du parc pour pister l'assaillant, qui ne sera plus là.

Peut-être est-ce ce soir-là, à ce niveau de danger-là, ou de folie, que tu te dis qu'il est temps de rentrer.

Ce n'est pas clair, pas sûr, car tu es encore engourdie. Ce n'est pas un réveil, mais un sursaut.

Tu quittes Londres.

Tu n'y mettras plus jamais les pieds.

Moi non plus.

* « Malgré toute ma rage, je ne suis encore qu'un rat en cage. »

AVEC TOUTES NOS EXCUSES...

WE ARE SORRY...

eurostar

4
Écrire

Il faudrait raconter, c'est peut-être la seule raison de tenir.

C'est la dernière phrase de ton premier manuscrit. Et moi, je cherche l'accroche.

– Le sexe.

Est-ce un bon début ?

Après Londres, tes fréquences sont brouillées. Tu rentres chez tes parents, mais l'appel du large t'a lessivée. Tu tombes malade. Mal de ventre, épuisement. On te soigne dans une chambre impersonnelle, au septième étage d'un groupe hospitalier, avec vue sur le périphérique. La lecture de *Moby Dick* te maintient la tête hors de l'eau.

ENVIE DE FAIRE EXPLOSER
LA FOLIE EN ATTENTE
C'EST LE NEANT EN SE PROPAGEANT
QUI M'ETOUFFE LENTEMENT
UN LUI QUOI SERA TOI OUI MAIS
CRIER POUR TOI ET TOI ET MOI
AMOUR DETEND-TOI
J'AI DES MOUCHES QUI PERTURBENT
LE FONCTIONNEMENT DE MES OREILLES
J'AIME CES BRUITS FENDANT
L'AIR, ERRANT A LA POSSIBLE
FORTUNE DES MAL-LUNÉS.
ECRIRE SANS ARRIERE-PENSEES
SANS IMAGINER CE QU'IL POURRAIT
SE PASSER OVER AND OVER
WORDS COME CLOSER TO THE
LIMIT OF MY BEHAVIOUR

Quand on touche le fond, il paraît qu'on ne peut pas tomber plus bas. Pourtant, tu as longtemps chuté d'un fond vers un autre fond.

Tu as cru que ça ne s'arrêterait jamais.

Et te voilà arrivée à dix-sept ans, sans que tu aies l'impression d'avoir contrôlé quoi que ce soit ni d'être remontée à la surface.

Tu retournes au lycée. Ou plutôt : tu es réintégrée au lycée. Comme si tu t'étais désagrégée.

Tu erres dans les couloirs, rases les murs. Tu te sens rescapée d'un drame que personne n'a remarqué. Et c'est le cas. Pour les autres, tu as passé une année à suivre des cours par correspondance, devant ta télé. Tu les scrutes à travers un filtre qui t'empêche de les approcher. Ils vivent sur une autre planète où la mort n'a pas encore frappé.

Ils dorment dans des lits.

Tu n'as plus peur des garçons de ton lycée, ce sont eux qui ont l'air de te fuir. Tu les intéresses encore moins qu'avant. Tu te traînes le dos courbé dans un vieux K-way sans forme. Tu ne veux surtout pas plaire, tu veux qu'on te laisse tranquille.

Alors que tu devrais être dans la fleur de l'âge, tu te sens en jachère. Ce qui a poussé chez les autres – la séduction, l'énergie – semble être resté lettre morte chez toi. C'est quelque chose qui te poursuivra. Pendant des années, et encore maintenant, souvent, tu choisis les coins dans les cafés. Pour voir venir le danger.

Tu sens encore l'odeur d'un sac de couchage qui n'a jamais été lavé. Tu te souviens de ce sentiment de liberté qui t'a étreint en arrivant à Londres ; puis de l'amertume en rentrant à Paris : tu t'étais sauvée de France pour exister, avant de devoir fuir l'Angleterre pour te sauver.

Tu obtiens ton baccalauréat sans mention.

C'est une victoire sans nom.

Combien de temps a duré ce naufrage ?

Comme un mauvais songe, des bribes de rien flottent en toi. Tu tentes de former quelque chose (un corps qui tient debout, une fille qui esquisse un sourire) en te raccrochant aux parois. Une chambre d'hôpital, une salle de classe, ta propre chambre que tu repeins en blanc. Une seconde chance.

Un jour, un mois, un an. Le temps nous joue toujours un mauvais tour en s'écoulant lâchement, l'air de rien.

Tu me donnes l'impression d'avoir trébuché bêtement. Par simple maladresse. À une marche près, la chute t'a bouleversée.

Je t'observe sombrer, te débattre pour remonter à la surface. Mais toi, toujours habillée de noir, les cheveux emmêlés, les yeux perdus et enragés, que vois-tu du fond de ton ravin ?

Tu restes enfermée pendant des heures dans ta chambre.

À quoi penses-tu ? Que cherches-tu ?

Tu retrouves ta chaise autour de la table familiale. Tu retrouves ta chaise en classe. Pourtant, tu n'as pas l'impression d'exister. Tu te sens transparente, piégée à l'intérieur d'un fantôme que l'on prend pour toi.

Tu traînes ce corps qui n'est pas le tien.

Il t'étouffe.

Ce n'est pas une chose dont tu peux parler avec les autres : ce sentiment de ne pas exister. C'est indicible et incompréhensible.

Comment ça, un fantôme ? C'est quoi, cette histoire à dormir debout ?

Pourtant, de nombreuses personnes flottent au-dessus de leur vie. Certaines traversent ainsi toute leur existence sans être réellement elles-mêmes. Pour toi, c'est encore plus compliqué ; tu ne flottes pas seulement, tu es piégée à l'intérieur. Tu ne sais pas comment sortir de toi.

Dans une tentative désespérée de survie, tu as cherché à détruire cette couche oppressante. Tu as voulu l'arracher, la brûler, tu as fumé à t'en écorcher la gorge, tu as bu jusqu'à régurgiter. Tu as voulu mettre à nu la momie en enlevant une à une les bandelettes comme autant de provocations jetées à la face du monde : vous ne me voyez pas, vous refusez de me voir, vous vous trompez sur mon compte, vous allez voir, vous allez voir qui je suis réellement !

Sauf que tu ne le savais pas toi-même.

Tu t'es déshabillée et livrée à un inconnu comme une bombe dégoupillée plus que comme une offrande. Alors oui, peut-être que tu l'as laissé faire, mais en livrant un corps piégé. Quelle importance s'il a baisé un fantôme ?

Tu t'es détruite en cherchant à ressusciter.

Problème : tu n'as qu'une vie.

À la fête de fin d'année, dernière soirée avant que vous ne quittiez tous le lycée, tu te sens étrangère aux préoccupations de tes camarades. Tu ne veux pas sortir avec un garçon, tu veux sortir de toi. Sortez-moi de là ! aimerais-tu hurler en te frappant. D'ailleurs, tu te frappes parfois en te regardant dans le miroir. Tu crains que quelqu'un ne te surprenne et qu'on t'enferme dans un asile.

Respire. Je respire. Je suis là, avec toi. Cette couche qui te sépare du monde n'est pas éternelle ni toute-puissante. Et je peux t'assurer aujourd'hui qu'un fantôme, ça s'apprivoise. Mais ça ne se tue pas. Ou toi avec.

Cette crise qui te fait tant souffrir ne durera pas, ce lycée auquel tu ne veux pas te rendre, ces contraintes qui t'oppressent : tout passera. Tout changera.

Regarde, tu avais à peine treize ans hier et tu en as déjà dix-sept !

Tu n'es pas enfermée à jamais dans ce corps. Tu te transformeras. Tu auras une liberté adulte qui te fait tant défaut aujourd'hui. Il faudra encore composer avec certaines contraintes, mais tu pourras vivre la plupart du temps comme tu l'entends. Sans assouvir tous tes désirs, tu pourras réaliser les plus importants.

L'heure de l'amour et du bonheur viendra.

Fais-moi confiance : accroche-toi.

Vive tes ... Jeudi 11 Mai 1995.

... 17 ans !

dans la joie, l'amitié ...

... Que ta vie, ton chemin se réalisent !

Que ton exigence d'Idéal ne te fasse pas passer à côté des choses simples de la vie – celles qui sont notre quotidien, celles qui relient les êtres entre eux et qui en un instant, en un espace révèlent l'Amour.

Avec tout mon amour maternel (peut-être trop envahissant ...) à ma fille, mon unique, irremplaçable, source de peines et .. de joie. Mais aussi quel bonheur ! Source de vie.

A toi CHRO et à tes 17 ans

Zabeth

L'été qui suit le baccalauréat, tu relis des passages de *Moby Dick*, mettons, et la puissance de la fiction te subjugue. Tu entrevois un interstice dans le naufrage.

Tu écris chaque jour, peu, les mots gouttent sous la torpeur. L'écriture ne te sauve pas. Tu tournes en rond avec les mêmes histoires, tu ne sors pas ce qu'il y a à sortir. Tu poses. Tu ne veux pas gratter ton mal-être, le disséquer, tu veux t'en servir comme d'un tremplin. Tu brilleras de tes échecs. Mais ça sonne faux, tu le sais, tu le sens, et tu te frappes encore de dégoût.

Atteindre l'âge adulte te semble une mission impossible. Que penserais-tu de ma vie actuelle ? Un grand amour (oui, tu le vivras enfin), un lieu où écrire. Une maison qui donne sur l'horizon, plutôt qu'un foyer dans lequel tu te serais sentie enfermée.

J'essaie de me mettre à ta place depuis la première page, mais n'est-ce pas toi qui dois trouver ta place dans ma vie d'aujourd'hui ?

Adulte, tu mettrais un point d'honneur à te rester fidèle. Ne pas trahir l'ado que j'ai été, ce serait prendre le large. Écrire dans la marge, sur la marge, hors sujet.

Le sexe. Le sexe. Le sexe.

La balle rebondit dans chaque recoin de ta tête.

Tu te sens perdue. Prise en étau entre tes désirs et tes refus.

À ta place, je garderais confiance. Les choses qu'on attend désespérément finissent toujours par arriver. Positif ou négatif, chaque événement nous laisse la possibilité de rectifier le tir.

On se prend en joue, toutes les deux.

On se prend au jeu. Comme s'il devait y avoir une perdante et une gagnante, une partie de soi qui prendrait le dessus sur l'autre. Tu veux contrôler la femme adulte que tu crains de devenir, j'aimerais t'apaiser, te maîtriser. Ce combat nous consume à petit feu. On se plaint des autres, on les maudit, sans voir que l'ennemi a fait son nid en notre for intérieur.

Il est temps de baisser les armes, tu ne crois pas ?

Je parcours nerveusement tes carnets. J'ouvre et referme dix fois les mêmes dossiers, me perds, m'agace et recompte les dates. Et je prends soudain conscience de mon erreur.

Depuis toutes ces années, je pensais qu'une malédiction s'était abattue sur toi. Cette « crise d'adolescence » devait frapper à l'aveugle, plus ou moins cruellement, les enfants. Depuis, j'ai toujours redouté qu'elle ne sévisse de nouveau, arbitrairement et brusquement.

Mais ce qui me frappe, quand je relis pour la énième fois tes carnets, c'est ta part de responsabilité, presque de liberté : tu choisis de vivre, en grande partie, ce qui t'arrive. Malgré les doutes et les tiraillements, la peur et la confusion, tu sembles déterminée à emprunter tous ces chemins buissonniers, à échapper à un destin formaté, quitte à t'écorcher.

Je ne m'étais pas rendu compte que tu t'éloignais sciemment de la route qu'on avait tracée pour toi, ni que les fossés t'attiraient plus que les grands boulevards. Tu avais l'impression de subir ta vie, alors tu as provoqué une embardée. Tu n'as pas été déviée de ton axe par hasard, par fatalité, tu as tenté comme tu pouvais de t'orienter vers la vie qui urgeait en toi.

Toute cette errance n'était pas un dérapage, une erreur d'aiguillage, mais le bouillonnement violent de ton désir.

L'amour.

L'écriture.

La liberté.

Trois thèmes qui reviennent sans cesse dans tes textes et que tu poursuis follement. Tu ne veux pas d'une vie de famille ni d'un foyer. Tu choisis le dragon sans domicile fixe, le sang noir de l'encre et le clan de cœur.

Tout ce temps, j'interprétais de travers ton malheur. Tu revenais frapper à ma porte, sans cesse, car moi aussi je t'enfermais abusivement dans une cage. Celle de la victime, de la jeune fille fragile, à moitié folle. Ballottée par la vie, écorchée. Tes cicatrices ne sont pas que des stigmates, ce sont tes trophées de guerre. Les preuves de ton incroyable instinct de survie, de ton puissant désir de vivre.

Je me rends compte à quel point l'intime et l'inconscient t'attiraient déjà. Mais il n'y avait pas de place pour ces sujets-là dans le cadre scolaire. Ne pas pouvoir dire ce que tu ressentais en classe te détournait de ta scolarité. Apprendre par cœur te semblait masquer le plus intéressant : les sentiments et les émotions. On t'a laissé étudier la prostitution, car c'est un sujet de société. Mais « le sexe », c'était une provocation. Comme si aucune femme et aucun homme ne faisaient l'amour depuis la nuit des temps !

Le désir. As-tu seulement entendu une fois ce mot durant ton adolescence ? Même avec tes amies, vous parliez simplement « de le faire ». Vous vous demandiez si « ça sera bien ou si ça fera mal ». Et ce « ça » progressait insidieusement dans ton esprit avec tout son cortège de fantasmes. Reine de la nuit, vagabonde à la merci d'étrangers. Tu te projetais dans des péripéties dangereuses, parfois dégradantes, sans avoir conscience de ces schémas qui réduisent la femme à une proie. Toi qui as vécu dans un environnement culturel ouvert, comment ces archétypes ont-ils été véhiculés jusqu'à ton cerveau ? À force de tolérer les clichés, les propos machistes, les comportements déplacés, une société finit par s'obscurcir à petit feu.

Le sexe a mauvaise réputation, il est entaché de tous les malheurs. Combien d'histoires perverses d'attouchements, d'incestes, de viols restées secrètes ?

Ce qui ne se dit pas commence à te préoccuper. Ce que les familles se repassent en sous-main, de génération en génération, l'air de rien, c'est-à-dire sans rien dire. Cadeaux de bienvenue à la naissance pour plomber le reste de l'existence.

Tu as envie de soulever le couvercle, observer ce qui mijote depuis des jours, des années, des générations. Tu veux dépoussiérer ces tableaux de famille accrochés depuis des lustres, portraits lisses et figés qui commencent tout juste à se craqueler. La peinture ment moins que le numérique ; elle laisse poindre les fissures et les couches.

Tu ne penses bientôt qu'à « ça », ce que les adultes se refilent sous le manteau.

Tu cherches l'erreur. À quel moment, à quel endroit, les informations que tu reçois perturbent-elles ton système intérieur ? Un bug s'est glissé en toi. Un mot qui ne veut rien dire, qui débarque d'une autre planète, d'une autre langue ; une effraction dans ton enfance.

Tu disjonctes.

Et ça, ce court-circuit, tu es la seule à pouvoir le réparer. Un peu lourd à porter pour tes dix-sept ans.

Je me demande si ce n'est pas ce stratagème que je tente d'élaborer, aujourd'hui : me venir en aide, à rebours.

J'AI LA RAGE
REMONTEE
L'AGE DE
DISJONCTER

J'AI LA RAGE
REMONTEE
L'AGE DE
DISJONCTER

J'AI LA RAGE
REMONTEE
L'AGE DE
DISJONCTER

Tu t'es frayé un chemin sur le bas-côté. Ni sur la chaussée ni tout à fait dans le fossé. Tu te sentais capable de vivre dans la marginalité, car tu prenais ta rage pour de la force. Alors qu'elle n'était qu'une écorce pour protéger tes failles.

De retour en France, blessée, tu t'es blottie dans un recoin de ton âme où tu ne laissais entrer personne. Ni les amis ni la famille.

Comment cet ouvrage de Françoise Dolto et la biographie de Freud se retrouvent-ils sur ta table de chevet ? Je ne m'en souviens plus, mais leurs mots se fraient un chemin jusqu'à cette partie enfouie de toi. Le travail d'analyse dont il est question dans ces livres t'intrigue et te fait entrevoir une piste de libération. Tu ne veux plus parler aux autres, c'est toi que tu as besoin d'écouter. Alors tu demandes à aller voir une psy. Ton père se renseigne et organise le premier rendez-vous.

La psychanalyse te soustrait de Londres. De l'ombre de toi-même.

Ce qui te sauve, peut-être : tu aimes creuser.
Tu veux comprendre.

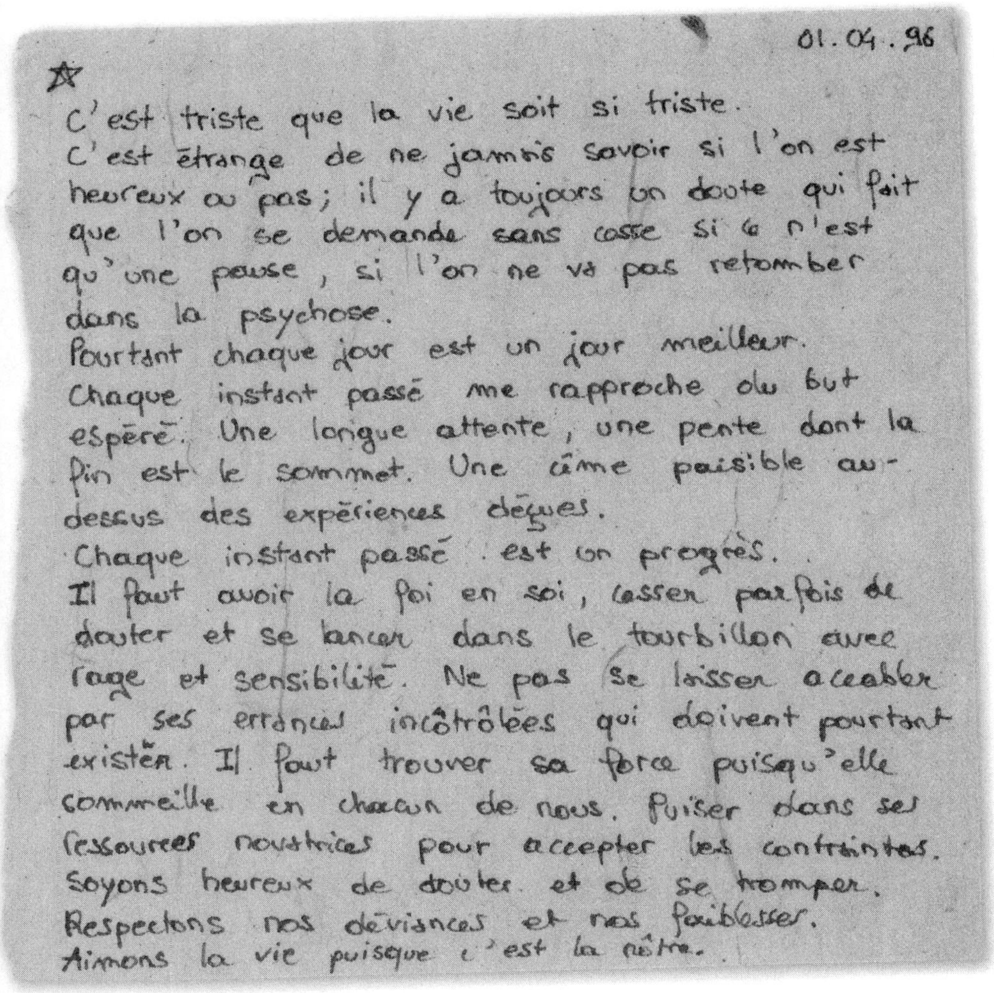

01.04.96

☆

C'est triste que la vie soit si triste.
C'est étrange de ne jamais savoir si l'on est heureux ou pas ; il y a toujours un doute qui fait que l'on se demande sans cesse si ce n'est qu'une pause, si l'on ne va pas retomber dans la psychose.
Pourtant chaque jour est un jour meilleur.
Chaque instant passé me rapproche du but espéré. Une longue attente, une pente dont la fin est le sommet. Une cime paisible au-dessus des expériences déçues.
Chaque instant passé est un progrès.
Il faut avoir la foi en soi, cesser parfois de douter et se lancer dans le tourbillon avec rage et sensibilité. Ne pas se laisser accabler par ses errances incôtrôlées qui doivent pourtant exister. Il faut trouver sa force puisqu'elle sommeille en chacun de nous. Puiser dans ses ressources noutrices pour accepter les contraintes.
Soyons heureux de douter et de se tromper.
Respectons nos déviances et nos faiblesses.
Aimons la vie puisque c'est la nôtre.

Tu as dix-huit ans, à Paris. Tu fréquentes vaguement l'université, un jour sur deux, l'esprit vagabond. Tu manges des bols de céréales chocolatées à tous les repas. Tes parents paient le loyer de ton studio, privilège dont tu n'as pas vraiment conscience. Pourtant, tu as côtoyé la misère et tu réfléchis en silence aux injustices sociales. C'est encore le brouillard en toi, tu n'as pas apprivoisé tes fantômes. Mais tu en as pris conscience.

Tu réfléchis aux raisons qui t'ont éloignées du lycée et qui t'empêchent encore de mener une vie apaisée. Et surtout, tu pressens qu'une place se dessine pour toi avec l'écriture. Ce gouffre qui te sépare des autres et te fait tant souffrir, tu le paveras de mots pour t'en sortir. Écrire et être éditée changera ta vie. Tu auras enfin un espace où t'exprimer, où réfléchir à l'écart du monde, tout en étant reliée intensément aux autres. Tu t'accroches à cet espoir.

Au lycée, tu cherchais un autre prénom.

Tu pensais que tu écrirais tes romans sous un pseudonyme.

Tu te déshabillerais de ton corps et changerais de destin.

À ta majorité, tu as déchanté, mais tu commences à t'intéresser à ton nom et à ton histoire. Le sexe n'est plus une planète lointaine et mystérieuse. Ce n'est pas non plus une terre que tu prends le temps de fouler. Tu le consommes, comme un exercice à maîtriser. Tu restes frustrée. Faire l'amour ne lève pas le voile sur ton identité.

Finalement, est-ce vraiment le sexe qui t'intéressait ?

Ou ton sexe ?

Être femme.

Être une fille dans la cour de récré.
Dans le bus.
Dans la rue.
Sur un trottoir.

À une fille, on parle toujours de la mère. De la sienne et de celle qu'elle deviendra, comme si c'était acté pour elle. Mais on parle rarement de la femme. C'est pourtant la question primordiale : quelle femme souhaites-tu devenir ?

Certaines personnes chercheront à répondre à ta place. Ne te laisse pas influencer par ces gens qui penseront savoir mieux que toi quelle femme tu devrais être. Vivre libre, c'est mener l'existence que l'on porte en soi. Et personne ne peut savoir, et encore moins te dicter quel doit être ton accouchement.

Adolescente, tu ignorais que tu ferais ce choix de femme : ne pas enfanter. Non pas refuser de faire des enfants, mais désirer vivre autrement. Ce désir-là, à ton époque, malgré la pilule et les libertés féminines acquises, on en parlait peu.

À toi, aujourd'hui, pas de mensonges : toutes les femmes n'enfantent pas et toutes les femmes qui enfantent ne parviennent pas toujours à être mères. On ne devient pas femme simplement en perdant sa virginité ou en procréant. Si les sillons de ta route se sont formés dès l'enfance, ton identité de femme se construit pas à pas. Et personne, pas même une mère, ne peut la transmettre en cadeau.

Et si la transmission et la solidarité féminine commençaient avec soi-même ? De la femme qu'on est à la fille qu'on a été.

Quel que soit ton choix dans la vie, tu n'as pas besoin de détruire la fille en toi. Tu n'as pas à te cacher. Il ne te manque rien.

Et ce n'est pas toi ou moi.

Tu n'es pas folle, ce que tu ressens, c'est notre entrelacement.

Non, tu n'es pas folle : tu commences au contraire à te sentir pleinement exister.

Tu crois qu'il faut te décider tout de suite, sinon les autres décideront encore pour toi. Mais vivre, c'est tirer le fil pour démêler son désir.

Et trente ans plus tard, tu vois… je le tire encore.

Cette première fois, celle que tu aurais pu vivre et que je vivrai plus tard, on pourrait désormais l'écrire à quatre mains.

Tu sens son souffle dans ton cou. Un regard, et tu comprends instinctivement que tu lui plais. Lui aussi, il te plaît. Tu aimes son regard franc, profond, bienveillant. Tu aimes la façon dont il se tient fermement, sans empiéter sur l'espace des autres, bien ancré dans le sien. La détermination confiante qui émane de lui t'attire. Le sourire discret qu'il te glisse semble une invitation à entrer dans son monde, la promesse de découvrir son univers. Il t'inspire confiance. Il n'a pas l'air de vouloir prendre quelque chose de toi, mais de vouloir partager quelque chose avec toi. Il ne te parle pas devant les autres, ce silence attise follement ta curiosité. Il attend le moment où vous serez seuls pour t'aborder, car c'est entre vous deux uniquement que la rencontre aura lieu. Ce n'est qu'à toi qu'il veut s'ouvrir, ce n'est que toi qu'il désire.

Quand vous êtes enfin seuls, vous ne dites pas un mot. Il s'approche doucement, vos regards s'enfoncent l'un dans l'autre, se dérobent furtivement tant c'est fort, intense, ce qui se passe entre vous. Tu as l'impression de rencontrer une partie de toi-même, celle que tu n'as révélée à personne, ta part d'ombre secrète, et celle que tu as rêvée, attendue, ta partie solaire et puissante. Tu sens de nouveau son souffle dans ton cou, une bouffée d'air chaud qui fait frémir tout ton corps. Et tu sens ton souffle dans son cou à lui, l'effet immédiat que cela lui fait. Il se tend et s'ouvre à la fois, tu l'excites et il t'accueille. Vous restez un moment à cette courte distance pour savourer cette onde sensuelle qui s'empare de vos corps. Un courant chaud baigne ton cou, descend jusqu'à tes seins, et son regard suit cette progression. Quand ta poitrine se dévoile à lui, ses pupilles semblent se dilater, tout son visage s'éclaire. En un regard, il démonte toutes les critiques que tu te faisais sur ton corps. Il te trouve incroyablement belle, il n'a pas besoin de le dire, aucun argument, c'est son corps tout entier qui l'affirme. Cela te met encore plus en confiance. Le poids qui pesait dans ta poitrine se relâche, tu creuses le haut de ton dos, te cabres quand il pose une main sur tes reins et l'autre sur ta nuque. Tu t'ouvres à lui sans crainte, tu te sens en sécurité, et sans pensées.

Cela fait si longtemps que tu réfléchis ! Ce lâcher-prise est apaisant, tu sens enfin ton sexe qui s'ouvre. Et tu sens son sexe à lui, tendu et doux. Vous ressentez la même attirance incontrôlable, le même désir. Des ondes chatouillent plusieurs zones de ton corps, elles te font tourner la tête tant elles te procurent du plaisir. Une pensée surgit un instant dans ton esprit, tu ouvres les yeux pour t'assurer qu'il ne se moque pas de toi, et tu es rassurée de le voir totalement concentré dans votre échange, votre rencontre, dans ses sensations, mais aussi dans les tiennes. Tu le sens à travers son regard attentif lorsqu'il ouvre lui aussi les yeux, un regard qui t'interroge constamment sur le rythme, la zone, le moment, qui vérifie que tu éprouves du plaisir et s'assure de ton consentement. De nouveau, ce léger sourire qui te charme et te permet de replonger dans l'abandon. Tu ne te cabres plus par refus, mais par désir.

Soudain, quand les ondes s'intensifient, tu crains de perdre connaissance tant les sensations de lâcher-prise te débordent. Cette sensation s'accroît avec les minutes puis, en quelques secondes, une éternité, tout ton corps se durcit à l'intérieur, ton sexe est parcouru par une onde qui ricoche en toi, tu n'as jamais éprouvé un tel plaisir, tu as l'impression que tu ne pourras jamais en éprouver un plus grand, puis tu sens enfin un relâchement immense. Toutes tes tensions et tes résistances se sont évanouies en un instant. Ton corps n'est plus un fantôme, tu le ressens totalement, il est à toi. Tu es devenu ton corps. Et c'est un autre corps qui t'en a fait prendre conscience, qui semble t'avoir délivrée d'un sortilège : tu n'es plus en dehors de toi-même, tu viens de faire l'amour fiévreusement, tu souris, il sourit, vous n'en revenez pas de cette osmose. Tu vis.

Tu vis et, pour la première fois, tu le savoures.

Journal intime, car j'aime creuser à l'abri des regards.

Et toi, qu'on te lise tout bas.

Les ruines de notre guerre intime – la Caroline du Sud contre la Caroline du Nord – se dressent dans la brume. C'est donc là que nous vivons. Toutes les deux, et bien d'autres encore. Je les fouille. Je cherche ta trace dans les décombres, alors que tu marches à mes côtés. Rescapées ensemble d'une crise aiguë.

Je ne t'avais pas perdue, je t'avais tassée. Pour pouvoir avancer. J'avais bétonné mon ventre. Pour masquer la fissure. Elle s'est propagée comme un mauvais roman : en restant à la surface. Invisible et tenace, seconde peau qu'on ne remarque même plus.

J'avance dans ces ruines, hagarde, comme si elles venaient tout juste d'apparaître. Alors que j'y vis depuis toujours. Ce mirage prend le contour d'une adolescente révoltée, qui cherche sa place sur le bas-côté.

Je brûle mon errance passée sur les rives du Gange. Que la fumée bénie pénètre dans les cheminées, là où dorment des filles et des garçons meurtris, qu'elle traverse les conduits, enveloppe et rassure les âmes perdues. Fissurées. Réconciliées.

Au sud, notre enfance. Au nord, l'inconnu.

Au cœur du récit.

J'ai tenté d'assembler des bribes de mon passé pour recoudre le fil de mon histoire. Mais, demain, le canevas imaginaire pourrait révéler une autre trame. Que sait-on réellement de soi ?

Tu restes une énigme. Mon adolescence continue de révéler ses angles morts et de déployer ses ailes. Elle palpite, insiste et se dérobe, telle une soie sauvage filée de désirs. Libre.

Janvier 2021.

j'aimerais, un jour, savoir pourquoi.
pourquoi quoi, je ne sais pas, mais
j'aimerais bien, un jour.
peut-être bientôt, qui sait.
peut-être tantôt, peut-être.
mais pas trop tôt.
pas trop tôt quoi?
je ne sais pas, ça ne m'intéresse pas.
moi du moment que j'attends,
ça me va.
moi j'aime bien attendre, comme ça.
au moins je m'occupe.
j'attends quoi? je ne sais pas.
mais j'aime ça. Et toi?
t'en vas pas. où? je ne sais pas.
Mais ça, ça m'intéresse.
C'est peut-être mieux que chez moi,
peut-être.
Peut-être même que c'est au même
endroit que là où j'attends d'aller
et de savoir pourquoi.
On ne sait jamais

Caro

Les extraits reproduits des journaux intimes
de Caroline Solé sont authentiques.

Remerciements

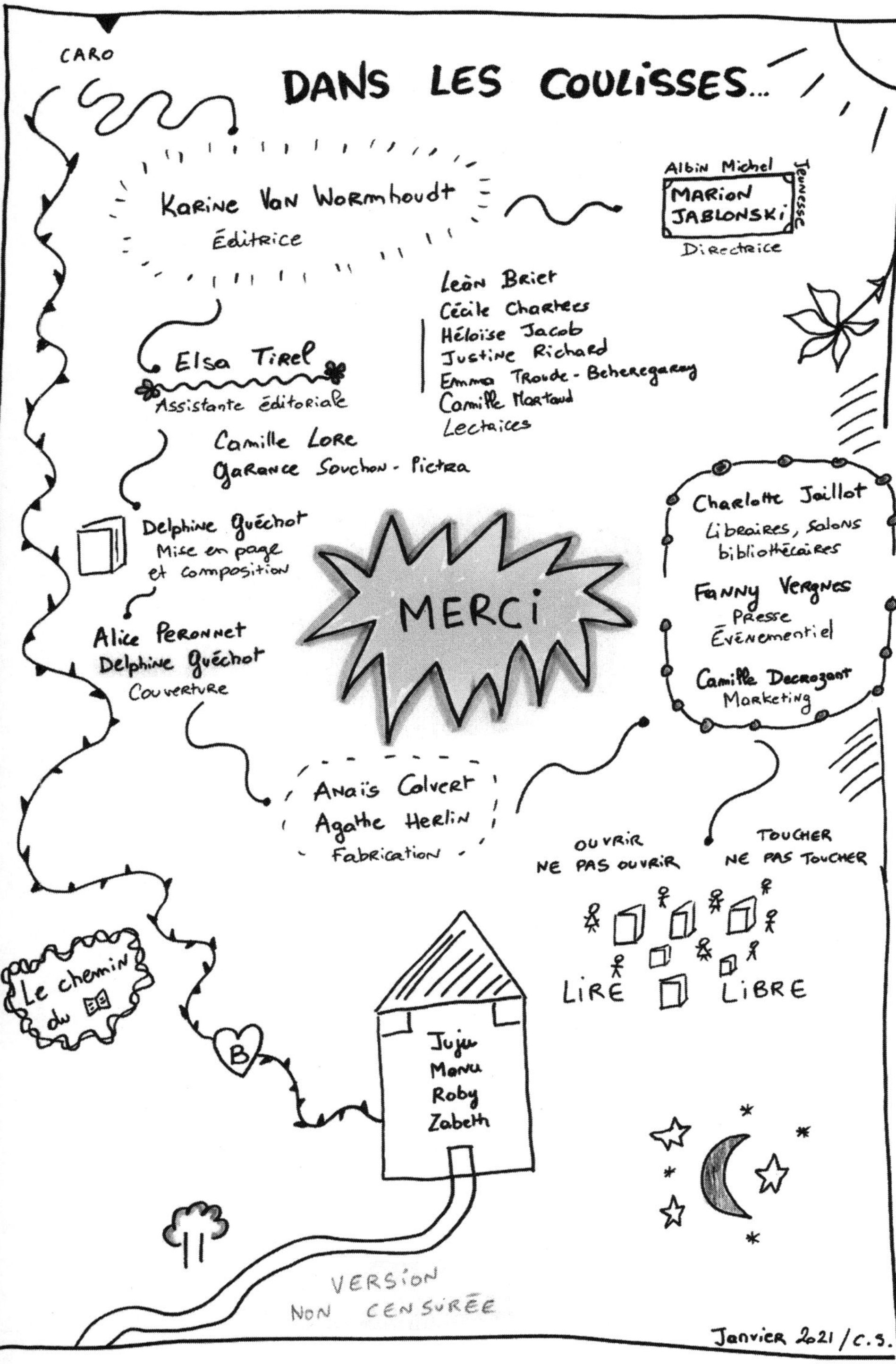
CARO
DANS LES COULISSES...
Karine Van Wormhoudt
Éditrice
Albin Michel Jeunesse
MARION JABLONSKI
Directrice
Léon Briet
Cécile Chartres
Héloïse Jacob
Justine Richard
Emma Troude-Beheregaray
Camille Martaud
Lectrices
Elsa Tirel
Assistante éditoriale
Camille Lore
Garance Souchon-Pietra
Delphine Guéchot
Mise en page et composition
Alice Peronnet
Delphine Guéchot
Couverture
MERCI
Charlotte Jaillot
Libraires, salons bibliothécaires
Fanny Vergnes
Presse Événementiel
Camille Decrozant
Marketing
Anaïs Calvert
Agathe Herlin
Fabrication
OUVRIR
NE PAS OUVRIR
TOUCHER
NE PAS TOUCHER
LIRE LIBRE
Le chemin du
B
Juju
Manu
Roby
Zabeth
VERSION NON CENSURÉE
Janvier 2021 / C.S.

D'autres titres Albin Michel

Kwame ALEXANDER, *Frères*
Sherman ALEXIE, *Le premier qui pleure a perdu*
Jay ASHER, *13 Reasons Why*
AUDREN, *Wild Girl*
Jennifer BROWN, *Hate List*
Jennifer BROWN, *Say Something*
Jennifer BROWN, *Tornade*
Sarah COHEN-SCALI, *Août 61*
Fabrice COLIN, *Le Pays qui te ressemble*
Fabrice COLIN, *Magnetic Island*
Fabrice COLIN, *Rester debout*
Fabrice COLIN, *Shooting Star*
Jenny HAN, *L'Été où je suis devenue jolie*
Jenny HAN, *L'Été où je t'ai retrouvé*
Jenny HAN, *L'Été devant nous*
Jenny HAN, *L'Été où je suis devenue jolie, L'intégrale*
Natacha HENRY, *Marie et Bronia, le pacte des sœurs*
Natacha HENRY, *Rosa Bonheur, l'audacieuse*
Jérôme LARCHER, *Baisers cachés*

Rachael LIPPINCOTT, Mikki DAUGHTRY
et Tobias IACONIS, *Five feet apart*
Rachael LIPPINCOTT et Mikki DAUGHTRY,
All this time
Catherine LOCANDRO, *Cassius*
Rachael LUCAS, *La Vie à mille décibels*
Rachael LUCAS, *Mon cœur en apnée*
Jen MALONE, *Changement de cap*
Laurent MALOT, *Lucky Losers*
Annabel PITCHER, *Je suis le tonnerre*
Ami POLONSKY, *Le Secret de Grayson*
Amy REED, *Nous, les filles de nulle part*
Amy REED, *Moi aussi je sais voler*
Meg ROSOFF, *Au bout du voyage*
Caroline SOLÉ, *La Petite Romancière, la Star
et l'Assassin*
Caroline SOLÉ, *La Fille et le Fusil*
Carole TRÉBOR, *Combien de pas jusqu'à la lune*
David YOON, *Frankly in love*
N.M. ZIMMERMANN, *L'Amour, le Japon,
les Sushis et Moi*

Image de couverture : © Lilimatyr
Graphisme de couverture : Alice Peronnet et Delphine Guéchot
Mise en page : Delphine Guéchot

Impression Black Print en février 2021
ISBN : 978-2-226-45989-3
Numéro d'édition : 24387/01
Dépôt légal : mars 2021
Imprimé en Espagne